KB272044

복숭아는 아직이다

효정 지음

그럼에도,
내가 아직 오늘을 그만두지 않은 이유

복숭아는 아직이다

그럼에도,
내가 아직 오늘을 그만두지 않은 이유

복숭아는 아직이다

효정 지음

필름°

일러두기

– 들어가는 음악에는 플레이리스트 QR이 있습니다. 글과 함께, 또는
 글과 따로 들어주시길 바랍니다.

여름이면 복숭아를 박스째 삽니다. 짓무르기 쉬운 것들을 식탁 위에 나란히 올려 둡니다. 그 향기가 집 안을 가득 채울 때까지만이라도, 일단은 살아 보기로 합니다. 분홍빛 과육 위로 돋아난 미세한 털들이 손바닥에 닿습니다. 그럴 때마다 내가 살아 있다는 사실이 까슬하게 만져지곤 합니다.

누군가 쉽게 말하는 행복해지라는 말은 때로 무책임하게 들립니다. 어른의 행복이란 소란스러운 기쁨이 아니라, 폭풍이 지나간 뒤 찾아온 짧은 정적일 뿐인데 말이지요. 그 고요함마저 언제 깨질지 몰라 불안해하는 것이 우리의 솔직한 얼굴일지도 모릅니다.

　이 책에는 기필코 행복해지겠다는 거창한 다짐 대신, 차마 내뱉지 못한 고백과 숨기고 싶었던 비겁함이 섞인 제 마음을 적어 두었습니다. 제가 그동안 오늘을 포기하지 않은 이유는 생각보다 사소했습니다. 베란다의 복숭아가 아직 익지 않았고, 그 향기가 온 집안을 채우는 순간까지는 이 세상에 머물고 싶었기 때문입니다.

　제철 과일이 익어가고, 비 온 뒤의 공기가 뺨에 닿고, 갓 지은 밥 위로 김이 오르는 감각들은 생각보다 강했습니다. 삶이란 거창한 희망을 품는 일이 아니라 이런 작은 일상들로 하루를 채우며 다음 계절의 맛을 기다리는 일인지도 모르겠습니다.

　아무것도 아닌 우리가 아직 여기에 살아 있습니다. 이제 그 사실 하나로 충분하다는 마음을 담아, 첫 곡의 재생 버튼을 누릅니다.

목차

들어가는 음악: 복숭아가 익어가는 시간만큼만 더 살기로 했다

Playlist 1. 도시에서 살아남는 방식   13

— Track 1. 성가신 생명체와의 동행

— Track 2. 도망의 비용

— Track 3. 박스 속의 해방구

— Track 4. 사라지지 않기 위해, 가시를 남겼다

— Track 5. 1인분의 품위

— Track 6. 솜뭉치 투쟁

— Track 7. 기본 카메라의 역습

— Track 8. 너는 왜 그렇게 잘 돼?

— Track 9. 친구의 청첩장

— Track 10. 별이 너무 예뻐서 울어본 적 있어?

— Track 11. 비공식 질문

— Track 12. 입금 전후의 인격

— Track 13. 용건 없는 부재중 전화

— Track 14. 누구의 숨을 빌려 살고 있었나

— Track 15. 어금니의 예의

— Track 16. 유능한 침묵

— Track 17. 불행을 전시하는 직업

— Track 18. 소리 내어 우는 연습

— Track 19. 세상은 너무 시끄럽고 나는 너무 예민했다

— Track 20. 흰 칸으로만 걷기

Playlist 2. 사랑은 비효율이었다. 그럼에도 우리는　61

— Track 21. 너는 누군가의 취향이었다
— Track 22. 얇은 카디건을 챙기는 마음
— Track 23. 우산을 뺀 가방의 무게
— Track 24. 책 읽는 사람이 좋다고 했다
— Track 25. 언제든 남이 될 수 있다는 안도
— Track 26. 주머니를 다 털어 쓴 사랑
— Track 27. 무력한 감사
— Track 28. 사랑에도 시간이 필요하다는 걸 몰랐어
— Track 29. 제철은 오는데 너만 오지 않는다
— Track 30. 정산의 시간
— Track 31. 젖은 발목의 증거
— Track 32. 그림자를 밟고 가는 법
— Track 33. 안녕, 이건 이별의 언어야
— Track 34. 과거에 두고 와야 할 마음
— Track 35. 붙잡지 않으면, 정말 사라질 것 같아서
— Track 36. 가장 빛나던 순간은, 사라지기 직전이라는 걸
— Track 37. 안부를 묻지 않는 것이 안부가 될 때
— Track 38. 알코올 향이 나는 식탁
— Track 39. 창문을 훔쳐보는 밤
— Track 40. 느릿한 숨바꼭질

Playlist 3. 그만두지 않은 하루들의 기록　107

— Track 41. 빛이 과하게 고운 오후였다
— Track 42. 계절마다 집을 가꾸는 일
— Track 43. 행운을 얼려줘
— Track 44. 환승 통로를 채우는 노란 숨결
— Track 45. 바늘이 가리키지 못하는 무게
— Track 46. 흙 묻은 당근
— Track 47. 한 정거장만큼의 우회
— Track 48. 발톱 끝에 걸리는 도시
— Track 49. 직선이 휘어지는 찰나
— Track 50. 창틀에 걸린 달의 조각
— Track 51. 중력을 거스르는 자정의 비행
— Track 52. 언어 밖의 세계
— Track 53. 2시간 14분짜리 러브레터
— Track 54. 판박이 스티커
— Track 55. 재난 영화가 위로가 되는 이유
— Track 56. 바다 너머에는 자유가 있을까
— Track 57. 지구 멸망 55분 전
— Track 58. 세계를 너무 또렷하게 보고 있었어
— Track 59. 잉크가 마른 자리
— Track 60. 엔진 위에 앉아 머무는 밤

Playlist 4. 남겨진 사람들　　155

— Track 61. 기억할 사람이 많아진다는 것은

— Track 62. 나는 너의 몫까지 살아야 했어

— Track 63. 부고 알림을 확인하고 고른 국밥

— Track 64. 처음 입는 상복의 무게

— Track 65. 멈춰진 재생 바 위로 흐르는 시간

— Track 66. 닦아내지 못한 콧등의 자국

— Track 67. 숫자와 숟가락

— Track 68. 인간은 유서에도 거짓말을 쓴다

— Track 69. 종이 뭉치와 약도

— Track 70. 장례식의 농담

— Track 71. 나를 위한 근사한 생일 케이크

— Track 72. 이름 없는 기억들을 보내며

— Track 73. 샐비어 꽃

— Track 74. 공평하게 나누어 가졌던 세계

— Track 75. 첫 번째 거짓말

— Track 76. 어깨에 닿는 봄볕의 무게

— Track 77. 젖은 종이 위에는 지우개가 들지 않는다

— Track 78. 처음부터 다시 시작하고 싶던 날

— Track 79. 이방인의 장바구니

— Track 80. 망각의 3초가 주는 선물

— Track 81. 7월의 꽃핀

— Track 82. 마지막 퀴즈

Playlist 5. 가장 다정한 생존 신고　　207

— Track 83. 아빠의 플레이리스트

— Track 84. 시차를 넘어 도착한 위로

— Track 85. 핸드크림을 바르는 시간

— Track 86. 흰 우유와 빨간색 일기장

— Track 87. 가장 먼저 물러진 자리가 가장 달다

— Track 88. 어른의 행복은 소란을 지나간다

— Track 89. 발소리는 경쾌하게

— Track 90. 조금 덜 나였던 시간

— Track 91. 22도의 기분

— Track 92. 거품이 사라지기 전에 말해줘

— Track 93. 낡아가는 무늬를 마주 보며

— Track 94. 화분의 마른 잎을 떼어내는 일

— Track 95. 반값 딸기와 우유 한 팩

— Track 96. 립밤 한 통의 근력

— Track 97. 혼자 먹을 라면의 섬세한 물 조절

— Track 98. 무너지지 않는 울타리

— Track 99. 갈색이 되기 전에

— Track 100. 섬유유연제를 바꿨다

— Track 101. 사분의자리

— Track 102. 바람에도 안색이 있다면

— Track 103. 작은 불꽃을 매달고

— Track 104. 무궁화처럼 지기

— Track 105. 그만두고 싶었지만, 복숭아가 아직 익지 않아서

나가는 음악: 오늘은 유서 대신 식단표를 썼다

나가는 음악: 오늘은 유서 대신 식단표를 썼다

Playlist 1.

지하철 입구에서 쏟아져 나오는 사람들의 외투가 얇아졌다고 해서, 도시에서 살아가는 무게가 가벼워지는 것은 아니다. 가방끈을 고쳐 매고 걷는 보폭마다 겨우내 묵혀두었던 공기가 흩어지지만, 그 사이를 비집고 들어오는 것은 계절의 설렘보다 앞서가는 타인의 조급함이다.

편의점 매대에 놓인 딸기 우유의 분홍색이나 자전거 바구니에 담긴 튤립 한 다발은 아름답지만, 이러한 일상의 색채를 유지하기 위해 누군가는 야근을 하고, 누군가는 입금 알림을 기다렸을 것이다. 창문을 열었을 때 들어오는 바람의 온도가 적당하다고 느끼는 순간에도, 오늘 하루 애써 웃으며 넘긴 장면들이 머릿속을 스친다. 몇 번의 침묵과 몇 번의 양보가 있었는지, 무심코 셈해본다.

도시는 누구에게나 공평하게 무심하다. 광장에 모여 앉아 커피를 마시는 사람들의 뒷모습은 평화로워 보이지만, 그 정적인 풍경 아래에는 각자의 삶에 대한 계산이 흘러간다. 적당한 거리를 유지하며 같은 방향을 바라보는 행위는 배려라기보다 서로의 영역을 침범하지 않으려는 최소한의 합의에 가깝다. 시선으로부터 자유로워지기 위해 풍경의 일부로 숨어들어 스스로를 지워버리는 일은, 이 거대한 흐름 속에서 지워지지 않기 위해 별수 없이 반복해 온 숨바꼭질이다.

매일 조금씩 닳아가는 기분으로 세면대 앞에 선다. 낮 동안 타인의 기분에 맞춰 갈아 끼웠던 표정들이 물줄기와 함께 씻겨 내려간다. 유능해 보이기 위해 골라 뱉었던 말들과, 가라앉지 않기 위해 삼켰던 대답들이 거품과 뒤섞여 사라진다. 물을 잠그고 나면 비로소 원래의 얼굴이 남는다. 완전히 편안하지는 않지만, 적어도 긴장하지 않은 듯한 얼굴이다.

시원한 물 한 잔으로 목을 식히고 나니, 벽의 단단함이 등을 받쳐주고 있는 것이 느껴진다. 오늘 하루 큰 사고가 없었다는 사실은 우연이 아니라, 수많은 마찰을 피하며 조심스럽게 걸어온 결과일지도 모른다. 더 빨리 가기보다 밀려나지 않기 위해 속도를 조절하는 일. 때로는 말하지 않는 편을 택하고, 때로는 한 발 물러서는 편을 택하는 선택의 연속. 그렇게 하루를 통과한다.

Playlist 1의 기록은 화려하게 빛나는 사람들의 이야기가 아니다. 사라지지 않기 위해 매일 계산하고,

무너지지 않기 위해 스스로를 조정해온 시간에 대한 기록이다. 더 높이 오르는 법이 아니라, 끝까지 남아 있는 법에 관하여.

불을 끄고 누우면 머리맡 화분의 흙 냄새가 희미하게 번져온다. 창밖의 도시는 여전히 빠르게 돌아가고 있다. 우리는 무너지지 않으려는 게 아니라, 무너질 자리를 계산하며 서 있다.

Track 1. 성가신 생명체와의 동행

자기애가 의무가 된 세상에서 자신을 사랑하지 못하는 상태는 일종의 결함처럼 취급받곤 한다. 마음을 다림질해 빳빳하게 펼쳐야 비로소 제대로 된 삶이라며 서로의 등을 떠미는 풍경 속에서, 가릴 수 없는 얼룩들은 예외 없이 안쪽에서부터 번져 나온다. 도저히 납득할 수 없는 한심한 실수나 옹졸한 시기심 같은 것들. 마음이 허물어지는 과정은 생각보다 고요하고 집요해서 어느 날 문득 스스로가 어색하게 느껴질 때가 있다.

살아간다는 건 사실 열렬한 자기애보다, 이 성가신 생명체를 데리고 어떻게든 하루를 넘기는 일에 더 가깝다는 생각을 한다. 자신의 비겁함을 실시간으로 목격하면서도 차마 버리지 못하고 다음 날로 함께 건너가는 지독한 동행. 스스로가 견딜 수 없이 미운 날에도 기어이 입안으로 밥을 밀어 넣고 몸을 씻으며 외출 준비를 하는 건 차마 그만둘 수 없어서 반복하는 수고다.

완벽함을 예찬하는 건 쉽지만 엉망인 상태의 나를 부축하며 발을 내딛는 일은 매번 서툴고 고단하다. 거창한 화해나 사랑을 꿈꾸기보다는 그저 미운 채로 숨 쉬고 있다는 사실 하나를 붙들고 여기까지 왔다. 억지로 나를 긍정하려는 노력을 멈춘 날에야 비로소 얼룩진 존재와 나란히 걷는 법을 조금씩 익히게 된다.

나를 사랑하지 않아도 나를 데리고 살 수는 있다. 억지로 웃어 보이지 않아도 되는 어둠 속에서 이 성가신 자아와 나란히 눕는다. 내일도 아마 우리는 서로를 마뜩잖게 여기며 길을 나서겠지만, 적어도 서로를 포기하지 않았다는 감각만큼은 또렷하다.

Track 2. 도망의 비용

휴대폰 진동이 짧게 울린다. 이름 없는 계좌로 적은 금액이 빠져나간다. 고지서나 카드값처럼 갈 곳이 정해진 숫자들 사이에서 목적지 없이 몸집을 불리는 유일한 것이다. 대수롭지 않을 소액이지만 화면에 찍히는 순간, 빳빳했던 뒷목의 긴장이 풀린다. 저축이라기보다는 차라리 언제든 모든 것을 중단하고 사라질 수 있다는 일종의 티켓을 모으는 기분에 가깝다.

십 대 시절, 나는 교복 안쪽에 만 원짜리 한 장을 꾸깃꾸깃 숨겨두었다. 하굣길에 떡볶이를 먹거나 친구들과 코인노래방에 가는 것 대신 고른 침묵의 결과물이었다. 틴트 하나를 살 때도 몇 번이나 들었다 놓으며 모은 돈에는 망설임이 가득한 손때가 묻어 있었다. 주머니 속에서 그 종이를 만질 때면 당장 교문을 나서 어디든 갈 수 있다는 근거 없는 용기가 내 안에서 솟았다.

사람이란 떠날 돈이 없으면 관계에 묶이고, 도 망칠 수 없으면 필요 이상으로 충성스러워진다. 사 라지지 못할 사람만이 가혹할 정도로 성실해진다는 사실을 알기에, 오로지 스스로를 분리하기 위해 모 으는 이 작은 숫자는 내게 꽤 절실하다.

당장 짐을 싸지 않더라도 언제든 상황을 종료 할 수 있다는 감각은 생각보다 힘이 세다. 타인의 기 대와 약속된 일정이 턱끝까지 차오를 때, 이름 없는 통장의 숫자를 떠올리는 것만으로 가슴 속에 아주 작은 쉼터가 생긴다. 무너지지 않으려 애쓰기보다 무너져도 언제든 떠날 수 있다는 사실이 오히려 매 일을 버티게 한다.

이제 세상과 나 사이에는 숫자만큼의 거리가 생겨났다. 그리고 그 틈새를 확인하는 취미가 생 겼다.

Track 3. 박스 속의 해방구

느닷없이 비가 쏟아질 때면, 카메라 렌즈와 가죽 가방을 자신보다 먼저 챙기는 일이 당연해졌다. 물이 닿으면 안 되는 것들의 안위를 위해 가방을 가슴팍에 붙여 안고 마른 지붕 밑을 찾아 뛴다. 젖으면 곤란한 것들을 늘려가느라, 정작 비를 맞던 감각은 뒤로 밀려났다. 렌즈 표면에 튄 물방울을 한참 닦아 내고 나서야, 어느새 축축히 젖어 있는 스스로를 발견한다.

떨어지는 빗방울 사이로, 버려진 종이 박스를 머리에 쓰고 젖은 아스팔트 길을 뛰어다니던 풍경이 겹친다. 누군가 내놓은 사과 상자였거나 세제 박스였을 종이 더미들. 물에 불어 흐릿해진 로고를 정수리에 얹고 뛰면 눅눅한 종이 냄새가 코끝에 닿았다.

 ▶

빗줄기에 젖어 무거워진 종이가 머리를 누르고, 빳빳했던 교복 깃이 축 처져 목덜미를 감던 감촉이 선명하게 떠오른다. 좁은 상자 틈새로 바깥이 보이고, 친구의 팔이 시야를 가려도 우리는 그저 서로를 보고 웃었다. 그때 신발 속은 발등까지 찬 물로 덜컥거렸지만, 기분만큼은 더없이 거침없었다.

보호해야 할 물건들이 늘어날수록 빗속으로 한 걸음 내딛는 일은 점점 더 큰 결심을 필요로 하게 된다. 반대로 모든 것을 방어하려 빳빳하게 세웠던 힘을 조금만 풀면, 발바닥에서부터 비가 오는 날의 생생한 기운을 느낄 수 있다. 신발 밑창이 물을 머금어 무거워질수록 오히려 단단하게 땅을 딛고 있다는 실감이 난다. 그래서 나는 가끔은 얇은 비가 내리는 거리를 일부러 우산 없이 걸어본다. 그 젖은 어깨 위로 나름의 작은 일탈과 자유가 내려앉는 것을 느끼며.

비에 젖은 셔츠가 몸에 달라붙고, 빗물은 마음속 구석진 곳까지 금세 적신다. 눅눅해진 종이 박스 속 보았던 빛나던 눈동자들이 여전히 내 안에 살고 있다.

오늘은 우산을 챙기지 않았다.

Track 4. 사라지지 않기 위해, 가시를 남겼다

언니,

퇴근길에 장미 한 송이를 샀어. 꽃집 사장님이 가시 정리해주겠다는 걸 그냥 두라고 했어. 장미는 자기를 지키려고 가시를 세운다는데 그게 꼭 나 같아서. 가시가 없으면 내가 너무 벌거벗은 기분이 들 것 같더라고.

날이 서 있다고, 예민하다고. 나도 내 뾰족함이 싫을 때가 있었어. 근데 생각해보니까 그건 누군가를 찌르려고 만든 게 아니었어. 그냥 아무한테나 꺾이고 싶지 않아서, 나를 먼저 찌르면서까지 세운 가시였던 거야.

언니, 나는 가끔 그런 생각을 해. 왜 젊고 무딘 사람들은 항상 먼저 사라지는 걸까. 남을 밀어내지 못하고 먼저 물러나는 사람들. 자기 가시를 끝까지 세우지 못하는 사람들. 그 순한 사람들이 왜 항상 먼저 지는 것처럼 보일까. 피지도 못한 채 꺾인 이름들을 생각하면 자꾸 겁이 나. 내가 조금만 덜 날카로웠다면 나도 그렇게 사라졌을까 봐.

그래서 오늘은 가시를 남겼어. 꽃은 곧 지겠지. 며칠 지나면 시들고 잎도 떨어질 거야. 그래도 가시는 그대로 두려고. 내가 나를 어떻게 지켜왔는지 잊지 않으려고. 착한 사람으로 남는 것보다, 일단은 사라지지 않는 사람이 되고 싶어.

이번 봄은 조금 뾰족한 채로 따라가 보려고 해. 누군가를 향하지는 않더라도, 적어도 나를 지킬 만큼은. 잘 자, 언니. 답장은 안 해도 돼.

Track 5. 1인분의 품위

    혼자 사는 집의 청결을 적정하게 유지하는 일은 생각보다 섬세한 감각을 요구한다. 혼자 살기 시작하면서부터, 그동안 본가에서 당연히 누렸던 보송한 거실이나 철마다 바뀌던 냉장고 속 과일들이, 실은 누군가의 부지런한 관리와 비용으로 유지되어 온 것임을 실감했다. 독립이라 믿었던 자유는 내가 원하는 일상의 질을 스스로 꾸려내기 위한 습관들부터 요구했다.

    아직 제대로 된 습관이 자리 잡기 전, 현관을 청소하고, 수건을 교체할 시기를 가늠하며 혼자만의 생활 질서를 만들어갔다. 생필품처럼 굳이 물을 필요 없었던 것들을 이제 스스로 확인하고 채워야 하지만, 동시에 그것들을 내가 골라 채워나가는 즐거

 ▶

움도 발견했다. 책임이라는 단어는 거창하게 느껴지지만, 결국 이 공간의 평온을 깨뜨리지 않으려는 작은 성실함의 합이다.

혼자 사는 것에 대한 안부를 묻는 통화 끝에는, 별일 없다는 대답을 남겼다. 생활을 유지하느라 쓰는 에너지가 생각보다 많다는 사실을 굳이 꺼내지 않는 이유는, 이 분주함조차 나만의 세계를 단단히 다지는 과정임을 알기 때문이다. 흐트러진 옷가지를 정리하는 손끝에는 자신의 삶을 오롯이 응원하는 마음이 자연스레 담긴다.

작은 일로도 오직 나를 위한 삶을 살 수 있다. 숫자로 잠시 고민했어도, 결국 좋은 식재료를 고르고 정성껏 밥을 안치는 일로 돌아온다. 보호자로부터 물려받은 사랑을 스스로를 돌보는 감각으로 옮기며 어른의 식탁을 완성해간다. 오늘의 식사를 부지런히 차리는 일, 그것만으로 데워진 마음을 바라본다.

Track 6. 솜뭉치 투쟁

현관문을 나서는 순간부터 타인과 유지할 적당한 거리감을 계산한다. 타인의 순진한 무례를 마주할 때면, 나는 마음의 선을 팽팽하게 당기며 표정이 마모되지 않을 정도로만 힘을 준다. 그렇게 하루를 보내고 나면 에너지는 금세 바닥을 드러낸다. 가방 끝에 매달린 작은 솜뭉치 인형을 손끝으로 굴리며 항복을 준비한다. 금방이라도 부러질 것 같은 날들 속에서 흔들리는 보드라움은 내가 세상에 내놓는 가장 무해한 백기다.

단단히 여민 갑옷은 거창한 공격에는 잘 버티면서도 의외로 사소한 호의 앞에서 쉽게 벗겨진다. 식당 주인이 건넨 따뜻한 보리차 한 잔이나 빗속에서 슬쩍 내 쪽으로 기울어진 옆 사람의 우산 같은 것들. 예고 없이 살갗을 파고드는 온기 앞에서 무장은 해제된다.

누군가에게는 당연한 예의였을 행동이 때로는 생존을 건드린다. 결핍을 들킨 것 같아 민망했지만, 쏟아지는 온기를 거절하고 싶지는 않았다. 그건 무너지는 게 아니라 잠시 쉬고 싶다는 신호에 가까울 것이다. 오늘을 버텨낼 한 줌의 온기를 갈구하는 본능적인 허기다.

다정함에 휘둘리는 일을 패배라고 부르고 싶지 않다. 사람을 무너뜨리는 것이 다정함이라면 다시 일으켜 세우는 것 또한 그 무심한 침범에서 시작될 테니까. 그러니 이번에는 기꺼이 져주기로 한다. 무너지기 위해서가 아니라 그저 다시 살아내기 위해서.

가방 끝의 보드라운 감촉을 쥐고 숨을 길게 내뱉는다. 세상의 온도는 여전히 차갑지만, 손바닥 안의 온기만큼은 지켜진다.

Track 7. 기본 카메라의 역습

기본 카메라를 켜면 평소 보지 못했던 것들이 불쑥 튀어나온다. 보정 어플의 매끄러운 막을 걷어 내면, 눈가의 잔주름이나 입매의 각도 같은 것들이 날것 그대로 드러난다. 화면을 확대해 보다가 문득 손가락을 멈춘다. 익숙했던 얼굴 위로 내가 알던 누군가의 얼굴이 선명하게 겹쳐 보였기 때문이다. 부모님의 시간이 어느새 나에게 도착해 있었다.

엄마와 나란히 걷다 보면 낯선 이들이 꼭 한가디씩 보태곤 했다. "딸이 엄마랑 판박이네, 어쩜 이렇게 똑같이 생겼어." 예전에는 그저 흔한 인사치레인 줄로만 알았던 그 말들이, 요즘은 문득 거울을 볼 때마다 예사롭지 않게 다가온다. 내 눈동자 속에

 ▶

머무는 엄마를 보고, 턱선 끝에 매달린 아빠를 발견한다.

이제 나도 식탁 위에 영양제 통들을 하나둘 늘려가는 사람이 되었다. 이전에는 거들떠보지도 않던 것들인데, 매일 챙겨 먹는 게 일상이 되었다. 몸에 좋다는 약이나 음식을 귀하게 여기게 된 건, 이 몸이 오롯이 나 혼자만의 것이 아니라는 기분이 들어서다. 스스로의 몸에서 부모님의 흔적을 발견할 때마다, 남겨진 날들을 조금 더 정성껏 써야겠다는 마음이 차오른다.

다시 기본 카메라를 켠다. 투박하지만 지금의 모습을 남겨둔다. 필터 없는 얼굴 속에 부모님의 삶이 고스란히 배어 있다. 영양제 한 움큼을 털어 넣는 아침도 이제는 제법 익숙하다. 닮았다는 말이 예전처럼 가볍게 들리지 않는 건, 내가 누군가의 시간을 이어가고 있다는 묵직한 감각 때문일 것이다.

Track 8. 너는 왜 그렇게 잘 돼?

　　찻잔 너머로 들려오는 웃음소리가 유난히 날카롭게 느껴진다. "너는 왜 그렇게 잘 돼? 참 운도 좋아." 무심코 뱉는 상대의 표정은 지나치게 하사해서, 그 밑바닥에 깔린 진심을 굳이 들추어보고 싶게 만든다. 축하를 받으면서도, 입술의 떨림을 숨기려 잔을 입가로 가져온다. 뜨거운 찻물이 목구멍을 타고 내려가며 내 안에 옅은 화상을 남긴다.

　　화면 밖의 시간들이 어떻게 흘러가는지 굳이 꺼내어 놓지 않는다. 새벽마다 모니터의 빛에 눈을 비비며 며칠째 잠을 설치고 손마디가 굳도톡 건반을 누르던 순간들은 혼자 감당해야 할 몫으로 남겨두는 편이 마음 편하다. 다들 각자의 무게를 짊어진 채 사투하며 산다는 것을 알기에, 나의 고단함을 보태어

　▶

공기를 무겁게 만들고 싶지는 않다. 보이지 않는 곳에서 깎여 나간 시간들이 행운이라는 이름으로 불릴 때 입안에 쓴맛이 감돈다.

다음 날, 어제의 그 친구로부터 연락이 왔다. 새로 시작한 일이 막막하다며 도움을 청하는 메시지를 보고 잠시 휴대폰을 뒤집어 놓는다. 못 본 척할까, 바쁘다고 둘러댈까. '너도 한번 나처럼 헤매봐'라는 심정으로 모질게 외면하고 싶은 마음이 독기처럼 올라온다. 하지만 결국에 나는 알고 있는 정보들을 갈무리해 긴 답장을 적어 내려간다. 친절하고 상세한 문장들을 고르고, 읽기 편하도록 단락을 나누고, 그 순간까지도 맞춤법을 검열하는 손가락이 낯설어 몇 번이나 멈칫거리지만 끝내 전송 버튼을 누르고 만다.

이러고 있는 내 모습은 다정한 사람이 아니라, 지독한 겁쟁이의 선택에 가깝다. 도움을 거절했을 때 뒤따를 묘한 죄책감과, 내가 쥔 작은 패 하나를 내어주지 못해 전전긍긍할 스스로의 모습이 더 견디기 힘들어서다. 상대를 위해서가 아니라, 나의 옹졸함을 들키는 것이 죽기보다 싫어 베푸는 척을 한다. 아낌없이 퍼주고 돌아서는 길에 밀려오는 것은,

끝내 외면하지 못한 지겨운 천성을 다시금 확인하는 허탈함이다.

결국 나는 상대가 아니라 나 자신을 지키고 싶었던 것이었다.

Track 9. 친구의 청첩장

봉투를 열자, 손끝에 빳빳한 종이의 질감이 느껴진다. 정갈하게 적힌 이름과 장소를 확인하며 축하한다는 말보다 먼저 머릿속으로 최근 몇 년간 우리가 몇 번이나 만났는지 세어본다. 이 친구가 내 경조사에 올 확률과 우리가 유지해온 관계의 단가를 따져보는 머리의 회전은 민망할 정도로 빠르다. 우정의 무게를 재는 단위가 마음의 크기보다, 회수 가능성이라는 사실을 마주할 때마다 관계라는 것이 참 얄팍하게 느껴진다.

식장 로비의 인파 속에서 몇 번이나 지갑을 열었다 닫는다. 원래 넣으려던 액수에서 한 장을 뺄까 말까, 고민하며 봉투 입구를 만진다. 뷔페 식대와 최근의 물가를 떠올리며 타협하듯 지폐를 채워 넣고서야 신부 대기실로 향한다. 화사하게 웃고 있는 친구 앞에서 감탄사를 뱉고 눈을 피한다.

식이 진행되는 동안 박수를 치며 방금 낸 축의금 봉투의 두께를 다시 떠올린다. 5만 원을 더 얹었어야 했을까 아니야 조금 덜어낼걸. 머릿속에서 울리는 영양가 없는 저울질 소리가 예식장의 웅장한 행진곡보다 시끄럽다. 문득 허공에 멈춰 있던 손이 민망해져 슬그머니 테이블보 아래로 숨긴다.

화장실 거울 앞 립스틱을 고치며 길게 한숨을 내뱉는다. 거울 속 비친 얼굴의 눈가에는 억지로 지어 보인 웃음의 흔적이 남아 있다. 친구의 햇복을 기려주기엔 우리 관계의 지갑은 얇았다. 인사를 나누고 돌아서는 길 숙제를 끝낸 뒤의 피로감에 가까운 것이 마구 밀려왔다.

멀어지는 친구의 뒷모습을 보며 이제는 서로의 궤도가 완전히 달라졌음을 받아들인다. 또 다른 일로 만날 수도 있겠지만, 오늘 내가 지불한 것은 적당히 괜찮은 관계에 매긴 영수증이었다.

Track 10. 별이 너무 예뻐서 울어본 적 있어?

별이 너무 예뻐서 울어본 적 있어? 눈물이 나는데, 그게 슬퍼서인지 아름다워서인지 잘 모르겠는 그런 밤. 눈을 감으면 더 또렷해지는 빛들이 있었어.

도시는 늘 너무 밝지. 간판은 밤새 꺼지지 않고, 유리창은 남은 햇살을 어떻게든 붙들고 있고, 누군가는 여전히 달리고 있어. 그 속에서 빛은 너무 당연하게 여겨져서 노을은 쉽게 지나치게 되고, 야경은 무언가의 배경이 돼. 밤하늘의 빛들은 소란 속에 묻혀 희미해져. 아름다움은 기록되지만 그 빛이 여기로 오기까지의 시간은 아무도 묻지 않아.

빛은 우리에게 도착하기까지 아주 오래 걸린대. 수없이 굴절되고, 먼지를 통과하고, 어둠을 뚫고. 제 안의 모든 것을 태워가며 이 먼 길을 버텨온다

더라.

　　사람도 그렇다는 생각을 해. 요즘 나는 내가 사라지는 꿈을 자주 꿔. 손도, 말도, 온기도 닿지 않는 공간에서 내가 점점 투명해지다가 아무도 모르게 지워지는 꿈. 빛은 닿았는데 나는 남지 않는 일. 그게 가끔 겁이 나.

　　집으로 가는 길에 고개를 들었는데 여전히 거기, 별이 있었어. 다신 돌아가지 못할 장면을 바라보다가 문득 알겠더라. 도시에서 살아남는 방식은 더 밝아지는 게 아니라는 걸. 내가 아직 사라지지 않았다는 사실, 그걸 그냥 확인할 뿐이라는 걸.

　　아름다워서 더 슬픈 밤이 있어. 빛이 너무 선명해서 내 그림자가 또렷해지는 순간. 그래도 별은 저기 있고, 나는 그걸 바라보고 있어.

　　조금 느리고 조금 뾰족하고 그래도 아직.

Track 11. 비공식 질문

오랜만에 마주 앉은 자리, 안부보다 날 선 질문들이 내게 먼저 도착한다. 집값의 상승폭이나 새로 옮긴 회사의 직함, 혹은 믿고 있는 종교와 지지하는 진영 같은 것들. 단편적인 정보만으로 삶을 가늠하려는 시선 속에서, 나는 정작 하고 싶었던 진짜 이야기를 입속에서 가만히 굴리다가, 끝내 삼켜 버리고 만다.

정해진 답을 어서 내놓으라는 물음표들 사이에서, 내가 정작 궁금한 것들은 나올 기회를 찾지 못하고 숨어버린다. 최근 어떤 문장에 마음이 머물렀는지, 혹은 길가에 핀 꽃의 이름을 찾으려 걸음을 멈춘 적이 있는지 아무도 묻지 않는다. 이어폰을 타고 흐르는 멜로디의 색깔이나, 기록을 마친 손목에 남은 뻐근한 안부 같은 것들은 그들의 눈에 띄지 않는다.

값이 매겨지는 안부 앞에서 개인의 취향은 무력해진다. 나는 통장 잔고보다는 마음을 가라앉히는 소리를 얼마나 가졌는지가 궁금하고, 굳건한 신념을 확인하기보다 엉킨 기분을 스스로 풀 줄 아는지가 더 중요하다고 믿지만, 그런 진심은 밖으로 밀려난다. 아무도 묻지 않은 그런 사소한 것들이 실은 무너지기 쉬운 매일을 지탱하고 있다는 사실을, 이 소란스러운 세상은 너무나 느리게 깨달을 뿐이다.

소란으로부터 빠져나와, 고요한 방 안에서 연필을 깎거나 건반의 먼지를 닦아내는 일에 몰두한다. 입맛에 맞는 대답을 골라내느라 닳아버린 마음을 손바닥에 닿는 나무의 질감과 서늘한 악보의 촉감으로 채운다. 누구에게도 증명할 필요 없는 취향의 조각들을 하나둘 제자리에 놓으며, 나는 오직 나만의 선율로 채워진 하루를 다시 연주하기 시작한다.

Track 12. 입금 전후의 인격

화면에 숫자 몇 개가 뜬다. 내가 지난달 며칠을 밤새워 만든 영상의 대가이자, 한 달 치 불안을 잠재울 정산 금액이다. 메시지를 확인하는 순간 방금까지의 불안이 걷히고 가로등 불빛의 온기마저 느껴진다. 세상의 무의미함을 논하며 건반 앞에 멍하니 앉아 있던 자아는 간데없다. 입금 알람 하나에 금세 세상과 화해하고 마는 내 모습이 비겁해 보인다.

창작자로 산다는 건 매일 아침 통장 잔액이라는 숫자 앞에 스스로의 무게를 다는 일이다. 다음 달이라는 가까운 미래마저 약속되지 않은 삶에서, 구체적인 숫자가 내게 주는 위안은 생각보다 크다. 고결한 예술가인 척 문장을 고르고 선율을 다듬어도, 결국 마음을 가장 평온하게 만드는 건 내일의 끼니를 보장하는 구체적인 액수다.

어느샌가 내게는 수입이 사랑만큼이나, 때로는 그보다 더 중요해졌다. 마음을 나누는 일보다 잔고를 쌓는 일이 생존에 직결된다는 것을 알게 된 후부터 감정은 뒷전으로 밀려났다. 누군가는 속물이라 부르겠지만, 가진 것이 바닥을 보일 때 밀려오는 공포는 그 어떤 다정한 감정이 담긴 말로도 달래지지 않는다.

화려한 일상과 우편함 속 고지서 사이에서 균형을 잡는 일은 매번 버겁다. 어둠이 내린 방 안, 다시 잔고를 들여다본다. 잠깐의 평화가 사라지기 전에 서둘러 잠을 청한다. 세속적이면 좀 어떠냐고 스스로를 다독여보지만, 미리 앞서가는 걱정까지는 어쩔 수가 없다.

다시 휴대폰을 켜 다음 달의 가치를 계산한다. 결국, 사랑만으로는 건너지 못한 밤이다.

Track 13. 용건 없는 부재중 전화

학창 시절, 어두운 방 안에서 이불을 뒤집어쓰고 속삭이던 밤이 있었다. 수학여행의 낯선 분위기나 숙소의 눅눅한 침구 위에서 서로의 세상을 남김없이 공유하던 시간이었다. 시시콜콜한 농담에도 숨이 넘어갈 듯 웃음이 터졌고 밤을 지새우며 쌓아간 대화들은 다음 날의 설렘으로 이어졌다. 그때는 마음을 포개는 일이 가장 쉬운 유대였다. 메시지 알림 한 번에도 우리는 금세 서로의 안으로 달려가곤 했다.

시간이 지나며 우리의 연락은 자연스레 줄어들었고, 관계의 소홀함 때문이라기보다 각자의 생활이 묵직해졌다는 신호로 받아들였다. 한때 모든 조각을 나누던 사이라도 어느덧 서로의 시간을 침범하지 않는 것이 정중히 안부를 묻는 방식이 된다. 울리지 않는 휴대폰을 서운해하기보다 누구에게도 방해받지 않고 혼자만의 자리를 지켜내는 감각에 집중한다. 이름만 떠 있는 대화창을 열어두고 한참을 머물다가 잘 지내느냐는 뻔한 물음이 오히려 대답해야 할 숙제가 될까 봐 화면을 끈다.

스스로를 돌보는 일에 더 많은 에너지를 써야 하는 시기에 멀어진 거리만큼의 여백을 갖는 것은 중요하다. 가끔 연락처 목록을 훑으며 그 시절 나눴던 유대가 그리워도, 그들의 무사한 하루를 빌어주는 마음이 지금 우리에게 맞는 담백한 우정의 형태다.

인연을 붙잡으려 애쓰는 대신 제각기 다른 속도로 살아가다 보면, 적당한 때에 다시 마주칠 것이다. 꺼진 화면 뒤 이런 믿음이 햇살처럼 머무는 것을 바라보며 오늘 나를 위해 해야할 일을 떠올린다.

Track 14. 누구의 숨을 빌려 살고 있었나

우리는 모두 타인의 보폭을 내 속도라 믿으며 산다. 죽을힘을 다해 걷고 있는데, 정작 숨은 내가 아니라 세상이 쉬고 있는 것 같을 때가 있다.

신호등에 초록불이 켜지면 인파는 약속이라도 한 듯 쏟아진다. 앞사람의 뒤통수를 따라가고, 옆 사람의 어깨에 보폭을 맞추는 일은 의심조차 필요 없는 일상이 된다. 주변이 온통 타인의 호흡으로 가득 차면 스스로 내뱉는 공기의 온도조차 잊기 쉽다. 세상이 정한 템포에 억지로 폐를 부풀리다 보면, 어느 순간 가슴 한구석이 횅횅하게 질식해온다.

그날은 초록불이 켜졌는데도 바로 걷지 않았다. 뒤에서 신발 밑창이 몇 번 부딪히고, 누군가의 가방이 어깨를 스치고 지나갔다. 아주 잠깐, 작은 빈칸처럼 길 한가운데 서 있었다. 건너지 못한 몇 초가 길게 늘어지는 동안 파란 불은 이미 깜박이고 있었고, 그제야 숨을 들이마셨다. 짧지도, 급하지도 않은 나만의 속도로.

두려웠던 건 뒤처지는 게 아니었다. 무리 속에 섞여 모양 없이 닳아가는 일. 나인지 옆 사람인지 구분되지 않는 속도로 희미해지는 일이었다.

누구의 숨을 빌려 살고 있었나. 질문 하나가 칼 끝에 걸린다. 신호는 이미 바뀌었는데 아직 건너지 못한 채로, 잠시 멈춰 있고 싶다.

Track 15. 어금니의 예의

　　겨울에도 아이스 아메리카노를 고집하는 일은 취향보다 습관에 가깝다. 빨대 끝에 걸린 투명한 조각들을 입안으로 들이고는 어금니로 힘껏 내리누르면, 콰직 하며 머릿속에 선명한 파열음이 울린다. 얼음을 씹는 식감을 즐기는 것도 있지만, 하루 종일 차마 뱉지 못하고 삼켜낸 문장들을 해소하는 것에 가깝다. 웃음으로 매듭지어야 하는 관계이기 때문에, 나는 끓어오르는 마음을 안으로 갈무리할 수밖에 없었다. 그러면서 상대에게 날카로운 말을 내뱉는 대신 딱딱한 얼음을 깨무는 쪽을 택해왔다.

　　말을 아끼는 법을 익힐수록 어금니는 점점 견고해져야만 했다. 뾰족한 진심들이 혀끝을 타고 터져 나오기 전에 얼음과 함께 으깨어 삼켜 버리면, 그 서늘한 감각이 달아오른 마음의 온도를 적당히 식혀 주곤 했다. 부서지는 조각들 사이로 미세한 통증이 느껴질 때마다 지금 꽤 잘 버티고 있다는 사실을 실감한다. 타인에게 상처를 주지 않으면서 내 안의 소란을 잠재우는 일은 생각보다 많은 근육을 필요로 한다.

삼킨 말들을 얼음과 함께 잘게 부수어 보낸 뒤에야 비로소 다음 문장을 고를 수 있는 여백이 생긴다. 카페 문을 열고 나설 때 입안에 남는 건 차가운 수분뿐이지만, 몇 마디 문장을 으깨어 삼킨 만큼 걸음은 한결 가벼워진다. 억울함이나 분노를 설명하기보다 차라리 입속을 얼얼하게 만드는 한 모금의 냉기가 나에게 더 정직한 위로가 되어줄 때가 있다. 굳이 누구를 원망하지 않아도, 부서진 조각들이 식도를 타고 내려가며 마음의 부기를 가라앉힌다.

어른의 예의는 가끔 어금니에서 시작된다. 하고 싶은 말을 다 하고 사는 것이 솔직함이 되는 시대라지만, 누군가는 여전히 으깨진 얼음 조각들을 삼키며 관계의 평화를 지탱하고 있다는 사실을 알아야 한다. 깨진 얼음이 녹아 사라지듯, 삼켜낸 말들도 몸

속으로 흡수될 것이다. 컵을 내려놓으며 다시 밖으로 나갈 준비를 한다. 입안에 남은 냉기를 천천히 굴려본다.

Track 16. 유능한 침몰

겉으로 보기에 나는 아무 일도 없었다. 정해진 시간에 결과물을 내고, 메일에 빠르게 답했으며, 회의 자리에서는 적절한 속도로 고개를 끄덕였다. 나는 유능했다. 그래서 내가 서서히 가라앉고 있다는 사실을 아무도 눈치채지 못했다.

침몰은 소리 없이 시작된다. 얕은 물에 빠진 사람은 밖에서 보기에 그저 평온하게 누워 있는 것처럼 보여서, 비명 없는 푸름 속으로 매일 조금씩 가라앉는다.

슬픔이 물기를 머금은 채 겹겹이 들러붙어 몸이 무거워지는 상태. 내가 방금 지은 표정이 내 표정 같지 않다는 묘한 이물감을 무시하며 잘 지내느냐는 안부에 대답하기 가장 적절한 얼굴을 고른다.

가라앉는 나를 구해줄 구명조끼 같은 건 없었다. 대단한 결심이나 극적인 반전도 없었다. 대신 아주 사소한 것들을 손에 잡히는 대로 붙들었다.

아침마다 같은 카페에서 주문하는 산미 없는 고소한 커피 한 잔. 새로운 선택을 할 기력이 없어서가 아니라, 내가 아직 무언가를 선택할 수 있는 사람이라는 걸 확인하기 위해 매일 같은 맛을 골랐다.

출근길에는 이어폰을 꽂고 가사도 피아노 곡들만 반복해서 틀었다. 아무것도 묻지 않고 아무 내용도 전하지 않는 선율이 필요했다. 퇴근 후에는 씻기 전에 방 불을 켜지 않았다. 어둠 속에서 손목시계를 먼저 푸는 그 작은 순서가 하루의 끝을 겨우 구분해 줬다.

사람들은 내가 성실하다고 말했다. 물속에서도 눈을 뜨고 젖은 옷을 입은 기분인 채로도 아무렇지 않게 인사를 나누니까. 뭍으로 올라가 햇볕에 몸을 말리는 법은 잊었지만, 바닥에 닿지 않을 만큼은 버티고 있다.

그냥 매일 조금씩 덜 잠기기 위해 버텼을 뿐이다. 침몰 중에도 일상은 유지된다. 그래서 더 티가 나

지 않는다. 완전히 떠오른 건 아니다. 다만, 유능하게
무너지지 않기 위해 나는 오늘도 같은 노래를 튼다.

Track 17. 불행을 전시하는 직업

오늘은 딱히 슬프지 않았다. 오히려 점심에 먹은 파스타가 맛있어서 기분이 괜찮은 편이었다. 이상하게도, 정말로 괜찮은 날에 녹음한 곡은 반응이 미지근하다. 대신 마음이 바닥까지 내려간 날, 어두웠던 기억을 고르고 골라 손끝으로 내보낸 선율은 환호를 받는다. 슬픔은 잘 팔리고, 나는 그 사실을 너무 일찍 배웠다.

댓글에는 "위로받았다"는 말이 쌓인다. 고맙다. 정말이다. 그런데 가끔은 이런 생각이 든다. 당신이 위로받는 동안, 나는 그 슬픔을 다시 꺼내어 설명해야 한다는 걸.

사람들은 나의 무너진 잔해 위에서 평온을 찾는다며 댓글을 남긴다. 그 다정함을 읽으며 묘한 시차를 느낀다. 컴퓨터를 끄면 방은 그냥 방이다. 돌려야 할 빨래가 있고, 현관에는 금방이라도 달려나갈 것 같은 운동화가 놓여 있지만, 화면 속의 나는 영원히 슬퍼해야만 하는 존재로 매여 있다. 마치 항상 무너져 있어야만 쓸모 있는 사람처럼.

가끔은 일부러 아팠던 기억의 밑바닥을 들춰본다. 굳이 꺼내지 않아도 될 상처를 문장 사이에 끼워 넣는다. 조명을 낮추고 아픈 제목을 고르고, 가장 어두운 음역대에 손을 올린다.

비겁하다고 생각한 적도 있다. 솔직히 말하면, 생존은 언제나 고결할 수만은 없었다는 것이다. 덜 아픈 날에도 아팠던 기억을 꺼내어 오늘을 기록한다. 이것은 나의 직업적인 기만이면서, 동시에 당신과 연결되기 위해 선택한 가장 애틋하고도 구질구질한 방식이다.

Track 18. 소리 내어 우는 연습

십 대의 울음은 늘 소리가 없었다. 방문 너머로 기척이 새어 나갈까 봐, 갑자기 문을 열고 들어올 시선에 들킬까 봐 울음이 나올 때면 침대 프레임 안쪽 틈에 몸을 구부리고 들어갔다. 그 좁고 어두운 공간은 숨을 참으며 눈물을 떨구기에 가장 안전한 구석이었다. 밤 깊은 놀이터 벤치에 앉아 아무도 없는 어둠을 확인하고서야 겨우 참았던 숨을 토해내던 날들도 있었다.

남들 앞에서 나는 좀처럼 울지 않는다. 어릴 때도 마찬가지였다. 학원 수업이 끝나고 돌아오는 길에 마음처럼 되지 않는 일들과 불안이 뒤섞여 울컥함이 차오르면 가로등 빛이 닿지 않는 그늘을 골라 걸으며 눈물을 훔쳤다. 무엇 때문에 서러운지 설명하지 않아도 그렇게 한바탕 쏟아내고 나면 꽉 막혔던 가슴 한구석에 얕은 숨구멍이 트였다. 비릿한 콧물 냄새와 뜨거운 눈물이 턱 끝에 맺히면 개운함이 찾아왔다.

혼자 살기 시작한 이후부터는 울고 싶어져도 더는 침대 뒤로 숨지 않는다. 대신 창문을 닫고 음악을 크게 틀어둔다. 선율이 집안을 가득 채우면 그제야 비로소 온몸을 들썩인다. 혼자 있을 때간 우는 습관은 여전하지만, 이제는 그 감정을 숨겨야 할 것으로 여기지 않는다.

다음 날 아무런 일정이 없는 날에는 작정하고 울기도 한다. 눈이 통통 부어올라도 상관없다는 마음으로 베개가 축축해질 때까지 얼굴을 묻는다. 실컷 울고 난 뒤 거울 속에 비친 부은 눈을 닦는 휴지에는 외면하고 싶던 연약한 조각들이 묻어나온다.

음악이 끝나고 정적이 찾아오면 다음이 가라앉는다. 세수를 하고 난 후 거울 속 마주친 붉은 눈을 피하지 않는다.

Track 19. 세상은 너무 시끄럽고 나는 너무 예민했다

　세상은 지나치게 거칠고 뾰족하다. 목덜미를 긁어대는 셔츠의 솔기나 조용한 사무실에서 누군가 주기적으로 볼펜을 딸깍거리는 소리 같은 것들. 남들에겐 배경음일 뿐인 자극이 내게는 일일이 대답해야 하는 질문처럼 쏟아진다. 무뎌지라는 조언은 대개 무책임하다. 느껴지는 감각을 마비시키라는 말은 결국 스스로를 지우라는 말과 다르지 않기에. 어떤 날은 타인의 목소리에 섞인 비릿한 온도 차만으로도 마음이 체하곤 한다.

　보이지 않는 안테나를 높이 세우고 살아가는 일은 그 자체로 고된 노동이라서, 방 안으로 숨어들어도 침묵은 좀처럼 친절하지 않다. 냉장고 돌아가는 소리가 천둥처럼 들리고 낮 동안 수집한 소음들이 머릿속에서 제멋대로 뒤섞이면 잠은 번번이 길을 잃는다. 신경이 발끝까지 깨어 있는 밤은 유독 길고 선명하다. 피곤한 해상도다. 이 유별난 감각을 성가셔하면서도 끝내 버리지 못한 나조차 가끔은 피로하다.

남들이 놓치는 세계의 결이 읽히는 건 딱히 유쾌한 일만은 아니다. 소음에 휩쓸리지 않으려 애쓰다 보면 밤이 깊어 있을 뿐이다. 억지로 고요를 찾기보다 선명한 감각으로 순간의 틈을 본다. 유난스럽다는 말 뒤로 숨지 않아도 되는 시간 속에서 머릿속에 남은 문장들을 골라낸다.

불을 꺼도 방 안의 채도는 낮아지지 않아서, 어둠 속에서도 사물의 윤곽이 낱낱이 만져지는 밤이면 잠드는 대신 깨어 있기를 택한다. 결국 오늘도 시계의 초침을 쫓는 새벽을 넘긴다.

Track 20. 흰 칸으로만 걷기

초록불이 켜진 횡단보도 위로 일제히 사람들이 쏟아진다. 각자의 목적지를 향해 최단 거리로 뻗어 나가는 수많은 발걸음 사이, 유독 어긋난 리듬 하나가 눈에 들어온다. 오직 흰 선 위만 골라 밟는 어느 아이의 작은 보폭이다.

아이는 검은 바닥을 밟는 순간 탈락이라는 듯 발끝에 힘을 준다. 신호가 빨간색으로 바뀌기 전까지 무사히 건너편에 닿아야 한다는 그만의 엄중한 규칙이 읽힌다. 운동화 코끝이 흰 선 밖으로 밀려나지 않게 발을 길게 뻗을 때마다, 도시가 그어놓은 무심한 선들은 전혀 다른 의미를 지닌 채 그의 발밑에 놓인다.

흰 선과 흰 선 사이, 아스팔트의 검은 공백은 아

이에게 반드시 뛰어넘어야 할 절벽이다. 보폭은 매번 위태롭게 벌어지고, 발바닥은 딱딱한 도로와 미끄러운 페인트 면의 질감을 번갈아 받아낸다. 뒤에서 밀어붙이는 사람들의 속도와 상관없이, 오직 눈앞의 간격에 닿기 위해 뒤꿈치를 한껏 들고 발가락 끝에 모든 힘을 모은다.

다음 칸을 향해 적당한 탄력으로 몸을 던지는 행위만이 남는 찰나, 아이는 흰 칸의 너비가 허용하는 만큼만 제 몸의 속도를 조절한다. 모두가 앞만 보고 걷는 동안, 바닥에 박힌 선의 간격에 맞춰 자신의 발걸음을 고쳐 쓴다.

보도블록을 밟고 나서야 뒤를 돌아본다. 그가 딛고 온 흰 선들은 이제 아무 일 없었다는 듯 평범한 길의 일부로 돌아가 있다. 걸음은 다시 원래의 박자를 찾지만, 방금 멈춰 섰던 운동화 밑창에는 흰 선의 페인트 가루가 훈장처럼 묻어 있다.

다시 신호가 바뀌자 무거운 타이어들이 방금까지 그가 서 있던 자리를 빠르게 덮으며 지나간다. 공중에는 매캐한 먼지가 일고, 흰 칸들은 다시 누구든 밟아도 상관없는 무의미한 선들로 되돌아간다. 나는 아이의 보폭이 차마 닿지 못한 나머지 칸들을 마저 밟으며 건너편으로 향한다.

아이의 보폭이 차마 닿지 못한 나머지 칸들을 마저 밟으며 건너편으로 향한다.

Playlist 2.

사랑은 대체로 아무 일 없는 날에 시작된다. 특별히 외롭지도 않았고 누군가를 기다리던 중도 아니었는데 대화 하나가 길어지고 입술과 눈에는 미소가 한 박자 늦게 가라앉는다. 가방 속에 넣어둔 휴대폰의 진동이 평소보다 예민하게 만져지고 읽다 만 책의 다음 페이지로 넘어가려던 마음이 자꾸만 이전 페이지에 서성인다. 일정표에는 일부러 비워둔 시간이 생기고 하루의 끝에 들리는 목소리가 조금 더 기다려진다.

상처받지 않을 만큼만 마음을 쓰겠다고 다짐했다. 적당히 좋아하고 적당히 기대하며 상처받지 않을 만큼만 마음을 쓰겠다고. 연락의 간격을 조절하고 말의 수위를 고르며 그 크기를 먼저 드러내지 않으려 애썼지만, 무게중심은 이미 기운 지 오래다. 너를 더 보려고 먼 길을 돌아가고, 내 계획보다 너의 하루를 먼저 챙긴다. 평정심은 바닥나고 자존심은 자주 구겨져도 이상하게 아깝지 않다. 나라는 세계가 너로 인해 넓어지는 이 묘한 낭비를 멈출 수가 없다.

낭만뿐일 것 같던 관계에도 미묘한 균열은 생겨난다. 관계는 대개 요란한 사건 없이, 아주 사소한 침묵 사이에서 식어간다. 온점 하나, 말줄임표 하나에 깃

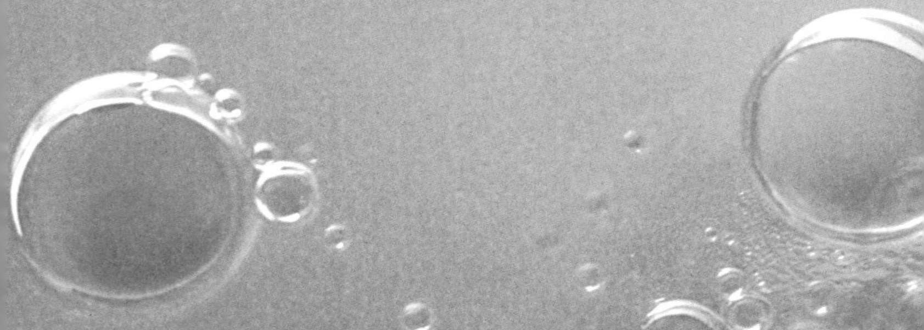

들었던 온기가 천천히 증발하고, 마주 앉아 있어도 서로의 시선은 더 이상 교차하지 않는다. 아무 일 없는 척 같은 자리에 앉아 있지만 발끝은 서로 다른 방향을 향하고 있다.

끝은 조용하고, 다시 불을 켠 방 안은 어제와 똑같은 모습으로 나를 기다리고 있다. 메시지를 보내지 않아도 되는 밤이 낯설게 느껴지면 그제서야 설명하기 어려운 공백을 느낀다. 울어야 할 만큼의 비극은 아니지만 그렇다고 웃을 이유도 없는 상태.

사랑은 늘 나를 깎아 우리를 채우는, 명백한 손해였다. 그럼에도 기꺼이 다시 무너질 준비를 하며 기우는 쪽을 택한다. 혼자여서 온전한 평온보다, 누군가와 함께 흔들리는 것이 훨씬 더 삶에 가깝다는 것을 이미 알아버렸으니까.

Track 21. 너는 누군가의 취향이었다

오랫동안 고집해 온 샴푸 향기나, 말끝을 흐릴 때마다 입가에 맺히던 버릇들이 문득 낯설다. 스스로의 고유한 결이라 믿어 의심치 않았던 것들이, 사실은 누군가 내 곁에 머물며 무심히 흘리고 간 흔적임을 깨닫는다. 그 흔적들은 내 몸 안에서 자연스럽게 자리를 잡고, 마치 처음부터 제 것이었던 것처럼 태연하게 어우러진다.

즐겨 듣던 리스트의 클래식을 따라 부르거나, 운전할 때 셔츠 소매를 접어 올리는 사소한 습관들도 돌이켜보면 누군가와 함께 보낸 시간의 조각들이다. 거울 속 내 눈빛에서 문득 그 사람의 잔상을 발견할 때, 나는 마음이란 서로를 비추며 조금씩 깎여 나가는 조약돌 같다는 생각을 한다.

처음에는 어렵고 불편하게만 느꼈던 취미나 취향이 어느덧 몸에 꼭 맞는다. 단단하고 고집스러운 자아를 지키는 일보다, 누군가 남기고 간 사소한 습관들을 기꺼이 받아들이며 조금씩 변해가는 과정에서 오히려 더 사람다움을 느낀다.

누군가를 거쳐 오며 묻은 얼룩들이 모여 지금의 내 색깔을 만들었다. 마음을 나눈다는 것은 서로의 세계를 조금씩 빌려와 각자의 풍경을 다시 그려나가는 일과 같다. 내가 가진 어떤 부분은 영원히 나의 것만은 아니며, 나를 거쳐 간 누군가의 몫이 될 수도 있음을 안다.

나의 일부가 된 당신의 조각들을 가만히 만져본다. 우리가 서로의 취향이 되어준 덕분에, 우리는 이전보다 조금 더 복잡하고 풍성한 사람이 되었다. 지금의 나는, 내가 사랑했던 사람들의 가장 닮고 싶은 조각들을 모아 빚어낸 존재다.

Track 22. 얇은 카디건을 챙기는 마음

　달콤한 말보다는 차라리 일상에 섞여 든 사소한 번거로움이 더 믿음직스러울 때가 있다. 거창한 말의 약속을 믿기보다, 당신의 단순한 하루가 아주 잠깐 덜컥거리는 소리에 안심한다. 갓 지은 밥을 먹다 입안에서 작은 모래알 하나가 걸릴 때처럼, 상대의 일상에 아주 잠시 신경 쓰이는 존재가 되고 싶어 하는 마음.

　사랑은 결국 시간을 내어주고 동선을 낭비하는 일이다. 가성비가 미덕인 세상에서 굳이 먼 길을 돌아가고, 내키지 않는 메뉴를 함께 고민하는 비효율을 견디는 것. 평온을 기꺼이 방해받으며 서로라는 불편함을 생활 안으로 들여놓는 모습은 그 자체로 충분한 증명이 된다. 버리지 못한 채 구석에 쌓인 손때 묻은 물건처럼 누군가의 삶에 지워지지 않는 흔적으로 남는 일이다.

외출하기 전, 혹시 상대가 추울까 봐 얇은 카디건 하나를 가방에 찔러 넣는 마음을 생각한다. 짐만 될지도 모른다는 귀찮음을 이기고 굳이 챙겨 나온 그 무게가, 어쩌면 가장 정직한 애정의 부피일지도 모른다. 사랑한다는 고백보다 나 때문에 조금은 피곤해졌다는 그 신경 쓰임이 더 간절해지는 밤이 있다.

훗날 기억의 끝에 남는 것이 나로 인해 생긴 몇 번의 번거로움이면 좋겠다. 해결되지 않은 신경 쓰임으로 남아 기어이 몸에 달고 살아가게 되는 생활의 감각으로 남기를 바란다. 누군가의 하루가 나라는 존재로 인해 조금씩 무거워지는 것을 기꺼이 허락하는 일은 생각보다 귀하다.

Track 23. 우산을 뺀 가방의 무게

벚꽃 나무 끝이 터질 듯 부풀어 오르는 계절이다. 가방 안에는 아직 펼칠 일 없던 우산 하나가 묵직하게 자리를 지키고 있다. 예보에도 없는 비를 혼자 기다리며 매일 우산을 챙기는 일은 나의 꽤 오래된 습관이다. 맑은 하늘 아래서도 누군가 젖을까 봐 미리 걱정하던 마음이 짐을 늘리는 수고보다 앞섰다.

간혹 비가 내리기 전부터 미리 우산을 펼치는 상상을 하곤 했다. 내 어깨가 조금 젖더라도 당신이 도착할 즈음엔 그 자리가 온통 보송한 마른 바닥이기를 바랐다. 구두 굽에 물방울 하나 묻지 않게 하려고 애를 쓰던 시간들이 머릿속에 가득했다. 정작 하늘은 구름 하나조차 없는데 혼자서만 젖어 들 준비를 하며 살았다.

열렬한 준비에도 불구하고 세상은 여전히 무채색이다. 기다리던 환상도 피어나지 않았다. 마음이 자꾸 한쪽으로 기울어 중심을 잡기 버거울 때도 있었지만 그저 묵묵히 곁을 지키는 것에만 몰두했다. 꽃이 피면 이 무거운 우산을 함께 쓸 수 있을 거라는 막연한 기대가 발걸음을 붙들었다.

꽃잎들이 바람에 날리기 시작하면서 비로소 가방의 무게를 실감한다. 준비했던 우산은 단 한 번의 기회도 얻지 못한 채 가방 구석에 놓여 있다. 젖을까 봐 노심초사하며 지켜내려 했던 마음들이 사실은 구름보다 가벼웠음을 깨닫는 순간이 찾아온다. 애써 펼치려 했던 우산이 이제는 거추장스러운 짐처럼 느껴지는 때이다.

가방에서 우산을 꺼내어 선반 위에 올려둔다. 비어버린 공간만큼 어깨가 가볍게 들리고 손바닥에 닿는 공기는 미지근하다. 더 이상 누군가를 위해 마른 땅을 골라둘 필요가 없다는 사실은 생각보다 개운한 일이다. 꽃이 지고 잎이 돋아나는 풍경을 바라보며 젖지 않을 스스로의 보폭에 집중한 채 걸음을 옮긴다.

Track 24. 책 읽는 사람이 좋다고 했다

책 읽는 사람이 좋다는 그 말은 내 취향의 시작이었다. 무심코 던진 문장 하나를 붙잡고 서점의 가장 깊은 구석을 서성이던 날들이 있었다.

평소라면 고르지 않았을 두꺼운 소설을 사고 깨끗한 종이 위에 정성껏 밑줄을 긋던 행위는 오로지 그 시선에 닿기 위한 수고였다. 본래의 색과 다른 세계를 닮기 위해 읽히지 않는 책들이 가방 속에서 묵직하게 쌓여갔다.

활자 사이를 거닐며 좋아할 법한 단어들을 골라내곤 했다. 책장에 꽂힌 제목들이 마치 나의 목소리라도 되는 양 정갈하게 늘어놓았다. 누군가에게 보이기 위해 펼쳐진 페이지들은 정작 나에게는 아무런 질문도 던지지 못했다. 그저 종이를 넘기는 손가락 끝에 온기가 머물기를 바라는 마음으로 검은 글자 위를 의미 없이 머물렀을 뿐이다.

좋아한다는 문장에 마음을 억지로 끼워 맞추고 이해되지 않는 구절 앞에서 소리 없이 고개를 끄덕였다. 여백을 즐기기보다 다음 만남에서 들려줄 그럴듯한 감상평을 준비하는 데 급급했다. 돌보는 법을 잊은 채 누군가의 서재를 나의 방으로 착각하며 살았다. 그렇게 모은 책들은 마음의 크기보다 항상 조금씩 더 크거나 무거웠다.

어느 날 문득 덮어버린 책 표지 위로 내려앉은 먼지를 보았다. 그를 쫓아 사들인 책들은 정작 아무런 위로도 건네지 못한 채 놓여 있었다.

더 이상 보여주기 위해 책장을 넘기지 않아도 된다는 사실을 받아들였을 때 가방 속의 부피는 비로소 가벼워졌다. 억지로 외운 문장으로 스스로를 설명하려 애쓰던 시간들이 조금씩 흩어지기 시작했다.

이제는 읽고 싶은 책을 고르고 호흡에 맞는 문장 곁에 머문다. 누군가의 선호에 맞추어 나를 고치지 않아도 되는 고요한 시간이 찾아왔다. 억지로 밑

줄을 긋던 손을 멈추고 마음이 머무는 자리에 가만
히 시선을 둔다. 두꺼운 표지들 사이에 숨겨두었던
진짜 목소리가 들리기 시작한다.

줄을 긋던 손을 멈추고 마음이 머무는 자리에 가만

히 시선을 둔다. 두꺼운 표지들 사이에 숨겨두었던
진짜 목소리가 들리기 시작한다.

Track 25. 언제든 남이 될 수 있다는 안도

사랑이 사치스럽게 느껴진다면 그건 언제든 끝낼 수 있다는 속성 때문일 것이다. 누구에게나 언제든 돌아설 권리가 있고, 그 마음을 묶어둘 장치는 세상 어디에도 없다. 그럼에도 우리는 이 느슨하고도 위태로운 연결에 기꺼이 마음을 내어준다. 내일 당장 남이 되어도 이상할 것 없는 사이이기 때문에 오히려 지금 곁에 머무는 시간을 더 귀하게 만든다.

누군가의 세계에서 삭제되지 않으려 애쓰는 과정은 스스로를 꽤 괜찮은 사람으로 가꾸게 만드는 동기가 되기도 한다. 떠날 수 있는 사람 앞에서 비로소 매무새를 고치고 한 번 더 말을 고르는 일. 선택받기 위해서가 아니라, 상대의 일상에서 밀려나지 않기 위해 매일 조금씩 마음의 결을 다듬게 되는 것이다.

　　이별을 선택할 수 있음에도 기꺼이 곁에 머물기를 택하는 마음. 그 불안한 권리를 서로에게 허용한 채 나란히 걷는 상태야말로 관계가 줄 수 있는 정직한 무게일지 모른다. 서로를 소유할 수 없다는 명확한 한계가, 비로소 상대를 하나의 독립된 세계로 대하게 만든다.

　　언제든 떠날 수 있는 사람이 오늘도 곁에 있다는 사실은 생각보다 커다란 행운이다. 신발 끈을 묶으며 현관을 나서는 뒷모습을 볼 때, 내일도 같은 자리에서 마주할 수 있기를 바라는 마음으로 가만히 손을 흔든다. 꽉 쥐지 않아서 오히려 빠져나가지 않는, 이 적당한 거리감이 오늘도 사랑을 지탱하고 있다.

Track 26. 주머니를 다 털어 쓴 사랑

좋아하는 마음이 고개를 숙이게 만든다. 누가 더 여유로운지, 누가 더 많은 선택지를 쥐고 있는지 굳이 확인하지 않아도 알 수 있다. 연락을 먼저 하는 쪽과 답장을 기다리는 쪽 사이에서 무게추는 생각보다 빨리 기운다. 비좁은 틈에서 중심을 잡으려 아쓰는 일은 언제나 한 사람의 몫으로 남는다.

바쁘다는 핑계 뒤로 숨을 때마다 더 넓은 사람이 되려 노력했다. 늦은 답장에도 괜찮다 말하고 피곤하면 쉬라는 인사를 먼저 건넸다. 짧은 다답 하나를 몇 번이나 고쳐 읽으며 그 행간에 숨지도 않은 온기를 억지로 찾아내려 했다. 화를 내는 대신 웃음을 택하고 질투조차 혼자 삼키며 목소리를 낮췄다. 마음을 얻고 싶어 주머니 속 가장 아껴야 할 조각들을 조금씩 떼어준 셈이다.

　새벽에 바뀐 사진을 훔쳐보며 지금의 내 위치를 가늠한다. 잃을 것이 두려워 항상 한 발 뒤에서 걸었고 보폭을 맞추는 척했지만 사실은 필사적으로 따라가고 있었다. 그 낮은 자리에서도 한 번쯤 돌아봐 줄 거라는 기대가 발등을 눌렀다. 상대의 기분을 살피느라 정작 텅 비어가는 자신의 주머니 속은 들여다보지 못했다.

　애쓰지 않아도 머물 사람은 머물고 발버둥 쳐도 떠날 사람은 떠난다는 사실을 외면하며 스스로를 다그쳤다. 사랑이라는 이름으로 버텼던 인내들이 사실은 나를 갉아먹는 시간이었음을 느낀다. 이제는 숙였던 고개를 들어 깊숙이 손을 찔러 넣어본다. 더이상 떼어줄 마음도 억지로 찾아낼 온기도 남아 있지 않다.

　따라가는 일을 멈추자 비로소 보이지 않던 길들이 눈에 들어온다. 혼자서만 짊어지던 무게를 내려놓으니 손바닥에 남은 굳은살이 뒤늦게 아려온다. 비어버린 주머니 안으로 시원한 바람이 머물다 간다. 기울어진 무게추를 버리고 나니 비로소 스스로의 보폭이 보였다.

줄 수 있는 것을 다 건네주고 나서야 비로소 내 손을 주머니에 깊게 넣을 수 있었다.

Track 27. 무력한 감사

밤늦게 불을 끄고 누워 타인이 남긴 고백들을 읽는다. 직접 마음을 쏟는 일은 언제나 예상 밖의 얼룩을 남기지만, 종이 위에 단정하게 적힌 이야기는 적당한 거리에서 숨을 고르게 한다. 상처받지 않으려 마음을 겹겹이 싸둔 채 진심이 담긴 문장을 빌려 하루의 갈증을 해소하는 행위는 휴식이 된다.

잊지 않기 위해 누군가의 부재를 기록하고 삶을 빌려 흔적을 증명해내는 목소리들이 있다. 지독한 인내심이 담긴 글을 읽으며 멈춰 있던 마음이 일렁이는 건, 직접 감당하기에는 고단한 무게를 문장 너머에서라도 확인하고 싶기 때문이다. 이름 모를 이가 남긴 대목을 쉽게 넘기지 못하는 건, 대신 그 시간을 견뎌준 사람에게 보내는 혼자만의 인사다.

남의 이야기를 따라가다 보면 겉은 멀쩡해도 살짝만 눌러보면 움푹 패어버리는 자리가 있다. 슬픔이 보이지 않는 곳에서 저만의 속도로 익어가고 있었다는 사실을 뒤늦게 목격한다. 누군가의 멍든 자리를 들여다보는 일은 결국 억눌러온 통증을 꺼내보는 과정이기도 해서, 억지로 괜찮은 척하기보다 엉망인 채로 고여 있는 상태로 두게 된다.

진심이 스쳐 간 자리를 읽으며 자기 마음의 깊이를 가늠해 본다. 여전히 전해지는 미세한 떨림이 아직 넘겨야 할 페이지가 남아 있음을 알려준다. 누군가 대신 울어준 문장 뒤에 숨어 가벼워진 숨을 내뱉으며 책장을 덮는다. 내가 할 수 있는 건 고작 문장 끝에 매달린 정적을 함께 나눠 갖는 일뿐이라, 이 무력한 감사는 어떤 대답도 없이 어둠 속에 섞인다. 빈 벽에는 방금까지의 잔상이 머물러 있다.

Track 28. 사랑에도 시간이 필요하다는 걸 몰랐어

교복 깃이 스치던 시절이었다. 이어폰을 나눠 끼고 같은 노래를 듣던 오후. 아무 일도 아닌 일에 웃음이 길어지던 시간들. 그때 시작된 마음이 성인이 된 뒤에도 끈질기게 따라붙었다. 강의실 복도에서, 겹치는 이름들 사이에서, 네 얼굴이 불쑥 떠오르곤 했다.

우리는 그걸 운명이라 부르고 싶었다. 사랑에도 충분히 익어갈 시간이 필요하다는 걸 그때는 몰랐으니까. 서로의 온도를 증명하려 너무 빨리 손을 뻗었고, 불덩이를 던지듯 마음을 쏟아부었다. 따뜻해지기도 전에 손바닥에 화상 자국만 남긴 채 끝은 왔다.

어긋난 간격을 되돌려보려 했지만 너는 이미 다른 속도로 걷고 있었다. 발꿈치를 몰래 훔쳐보는 동안 너는 한 번도 돌아보지 않았다. 조금만 더 기다렸다면, 조금만 더 어른이었다면 우리는 달라졌을까. 그 질문은 여전히 지워지지 않고 남아 있다.

이제 길에서 마주쳐도 건넬 안부가 없다. 억지로 보폭을 맞추려 애쓰던 시간을 지나, 나는 우리 사이의 거리를 인정한다. 나눌 대화조차 사라진 사이지만 그래도 네가 어디에선가 잘 지내기를 바라는 마음은 남겨둔다.

다 끝났다는 걸 알면서도 가끔 네 계정을 검색하는 건 미련 때문이 아니다. 네가 없는 계절에 조금씩 적응하기 위해서다. 계절은 미련 없이 앞으로 나아가고, 나는 조금 늦은 자리에서 그 뒤를 따라 걷는다.

사랑에도 시간이 필요하다는 걸 그제야 알았다. 너와는 맞지 않았던 그 시간이, 언젠가 나를 다른 온도로 데려다 줄 거라 믿는다.

아직은, 네 이름이 완전히 편안하지 않지만.

Track 29. 제철은 오는데 너만 오지 않는다

겨울 내내 주황빛으로 가득하던 마트 매대에서 귤이 자취를 감추고 딸기들이 줄을 지어 앉아 있는 풍경을 마주한다. 시장에 나온 나물의 풋내나 과일의 색깔만으로 시절이 바뀌었음을 알아채는 일은 안심으로 다가온다. 당연하게 돌아오는 것들의 존재는 고단한 매일을 넘겼다는 증거가 되기에, 퍽 다정하다.

매대 위의 과일은 시절을 어기지 않고 찾아오는데 한때 내 전부였던 사람은 어떤 날씨에도 나타나지 않는다. 작년 이맘때 너와 나누어 먹던 수박의 단맛은 여전한데 그 감각을 공유하던 너만 이 세계에서 지워져 있다. 끝내 오지 않는 사람을 생각하면 방금 산 과일의 무게가 손목을 무겁게 누른다.

비행기 표 예매 사이트를 뒤적거리며 낯선 도시의 공기를 상상하다가도 문득 멈칫하게 되는 건 그 환상 속에 늘 네가 서 있었기 때문이다. 이제는 만만해진 티켓의 숫자를 보며 어디로든 떠날 수 있게 되었지만 정작 함께 떠날 너는 가장 먼 곳으로 가버려 어떤 숫자로도 예매할 수 없는 사이가 되었다. 지루한 매일을 견디게 하던 것들이 이제는 네가 없다는 사실을 새삼스럽게 확인시켜 줄 뿐이다.

제철 생선의 기름진 살을 씹으며 너 없는 하루의 마디를 지나간다. 젓가락 끝에 걸리는 계절의 맛이 부재만큼이나 선명하다. 당연하게 돌아오는 계절들 사이에서, 단 한 번도 당연하지 못했던 너의 빈자리를 먹는다.

Track 30. 정산의 시간

식탁 위에 놓인 영수증의 숫자를 들여다본다. 각자의 몫을 나누고 결제를 마친 뒤 더는 빚진 것이 없다는 산뜻함이 찾아든다. 기분을 살피느라 곤두세웠던 신경을 접고 각자의 집으로 돌아가는 길. 혼자 남은 차 안에서 느끼는 해방감은 분명 편안하지만, 한편으로는 공허한 기분이 들기도 한다.

시간을 겹쳐두면서도 자기 자리는 한 뼘도 내어주지 않으려 했던 보이지 않는 선들이 있다. 곁을 내어주는 대가로 썼던 기운과 절대로 섞이지 않도록 가두어둔 각자의 생활들. 상처받지 않기 위해 정해진 만큼만 마음을 쓰고 정확하게 돌아서던 뒷모습은 그저 스스로를 지키는 익숙한 방식이었을 뿐이다.

완벽하게 정돈된 하루를 덮으려는 찰나, 계산

되지 않는 잔여물이 발목을 잡는다. 효율적인 정답은 홀로 남는 정적임을 알면서도 다시금 누군가의 성가신 소음 속으로 걸어 들어가고 싶어지는 무모함. 침범당하지 않는 깔끔함보다 차라리 엉망으로 뒤섞여 박자를 조금씩 망가뜨리는 수고로움을 한 번 더 선택해 보고 싶어진다.

　평온을 포기하고 다시 누군가의 성가심이 되기를 자처하는 일. 가장 정확한 계산 끝에 내리는 결론이 결국 조금 더 밑지는 마음이라는 사실은 이상하게 안도가 된다. 깨끗한 침묵 속에 머물기보다 차라리 서로의 소란 곁으로 기꺼이 자리를 옮겨 앉는다.

Track 31. 젖은 발목의 증거

비가 그친 뒤 보도블록은 군데군데 짙은 색을 띠며 젖어 있다. 햇살이 비치면 금방 마를 것처럼 보여도 신발 바닥을 타고 전해지는 눅눅한 기운은 생각보다 끈질기다. 다 끝난 일이라고 믿으며 주변을 정리하다가도 문득 멈추게 되는 순간들. 보이지 않는 곳에 남아 있는 흔적은 이름표를 떼어낸 자리의 끈적임처럼 발목 근처를 맴돌며 사라지지 않는다.

기억은 증발하는 것이 아니라 몸의 어딘가로 스며든다. 함께 걷던 거리의 경사나 유난히 자주 마셨던 음료의 온도 같은 사소한 것들, 메시지 함을 비우고 사진첩을 정리해도 몸이 먼저 반응하는 습관은 예고 없이 튀어나와 발걸음을 늦춘다.

어떤 기억은 풍경이 아니라 촉감으로 남는다.

빗물이 스며든 신발을 신고 온종일 걸었을 때의 찝찝함이나 세수하고 난 뒤 덜 닦인 물방울이 목덜미를 타고 흐를 때의 서늘함 같은 것들이다. 슬픔이라 말하기엔 사소하지만 무시하기엔 그 불편함이 하루의 구석을 채운다. 마음이 머물다 간 자리가 완전히 마르기까지는 생각보다 긴 시간이 필요하다는 사실을 받아들인다.

바닥에 고인 웅덩이를 피해 가듯 조심스럽게 걸음을 옮긴다. 현관 앞에서 젖은 발목을 마른 수건으로 눌러 닦고 다 마르지 않은 채로 새 양말을 골라 신는다. 보송한 감촉이 닿는 순간, 나의 풍경에 당신이 없음이 더 또렷해진다.

Track 32. 그림자를 밟고 가는 법

볕이 좋은 날 밖으로 나서면 발밑에 바짝 붙어 따라오는 검은 형체가 있다. 때로는 앞서가고 때로는 뒤로 숨지만, 결코 떨어지는 법 없이 보폭을 맞춰 온다. 억지로 떼어내려 애쓰기보다 발바닥 아래 묵직하게 깔리는 무게감을 느끼며 걷는다. 혼자라는 사실을 문득 실감할 때마다 발치에 고여 있는 검정은 조용한 동행이 된다.

빛이 강할수록 바닥에 새겨지는 모양은 선명하고 짙어진다. 가슴을 들끓게 했던 것들이나 차마 뱉지 못한 말들도 결국 저 무늬 안으로 녹아들었을 것이다. 그늘진 구석을 지우려 애쓰기보다 그 깊이가 곧 오늘의 농도임을 인정하기로 한다. 어두운 부분이 넓다는 건 마주하고 있는 빛이 그만큼 밝다는 뜻이기도 하니까.

걸음을 멈추면 그림자도 멈춘다. 서두르지 않고 발등 위에 고인 정적을 응시하며 서 있는 시간. 굳이 나를 설명하지 않아도 되는 고요 속에서 스스로의 테두리가 뚜렷해지는 것을 느낀다. 누구의 시선도 닿지 않는 오직 자신만의 부피를 실감할 때 숨통이 트인다.

다시 발을 내디디며 발밑에 길게 늘어진 형체를 따라 걷는다. 발밑의 그늘을 가만히 밟으며 걷는 저녁, 그림자의 길이에 맞춰 보폭을 줄여본다. 보이지 않는 마음을 끌고 가는 것보다, 눈에 보이는 어둠을 밟고 가는 편이 훨씬 견딜 만하다.

Track 33. 안녕, 이건 이별의 언어야

어떤 단어는 입 밖으로 나와 거리가 된다. 다정했던 기척이 선을 긋는 신호로 바뀔 때 공간의 밀도는 눈에 띄게 낮아진다. 말보다 먼저 공기가 바뀌고 곁을 채우던 부피가 듬성해지는 과정을 속수무책으로 지켜본다. 억지로 붙잡으려 하기보다 손바닥에 남은 서늘한 감촉을 느끼며 서서히 멀어지는 속도를 받아들인다.

그 짧은 발음 사이에 흐르는 시차는 아득하다. 다시는 닿지 않을 곳으로 보내는 기별이자 익숙하던 세계가 궤도를 틀어 멀어져 가는 소리다. 떠난 마음이 이 몸에 닿기까지를 견디는 일. 비어버린 자리엔 눈앞을 떠도는 미미한 온기만 남았다. 계절이 바뀌듯 자연스럽게 소멸하는 과정을 지켜보는 일도 때로는 필요하다.

　　상실은 한때의 농도를 정직하게 기록한다. 여운이 길다는 것은 그만큼의 깊이를 감당했다는 증명이기도 하다. 맞잡았던 온기가 휘발된 손끝이 아릴수록 나눴던 시간들이 얼마나 선명한 무게였는지 실감한다. 사라진 자리에 남은 먼지를 털어내며 다음 문장을 준비한다. 끝을 고하는 마침표가 아니라 다시 혼자가 되겠다는 선택을 마주하는 시간이다.

　　돌아설 자리가 선명해질 때까지 텅 빈 공간에 가만히 눈을 맞춘다. 누군가를 잃었다는 사실보다 이제는 혼자서만 이 공기를 채워야 한다는 막막함이 어깨 위에 먼저 내려앉는다. 집으로 돌아와 구두를 벗고 불을 켜지 않은 거실을 한참 동안 바라본다. 비로소 혼자 남겨진 방 안의 정적이 낯설고도 선명하게 몸을 에워싼다.

Track 34. 과거에 두고 와야 할 마음

철 지난 옷을 정리하며 주머니 속을 일일이 확인하는 저녁이 있다. 언제 넣어두었는지 모를 구겨진 영수증을 꺼내 식탁 위에 올려두면 하루의 할 일이 비로소 마무리되는 기분이 든다. 마음을 과거에 두고 오는 일 또한 살아가기 위해 불필요해진 것들을 털어내는 지극히 평범한 일상에 가깝다. 챙겨가지 못한 조각들이 뒤편에 남겨지더라도, 무너진 자리를 붙잡기보다 눈앞의 배고픔을 채우려 발을 떼는 것이 먼저다.

전부라 믿었던 것이 사라진 뒤에도 시간은 무서울 만큼 무심하게 흘러간다. 무언가를 씹어 삼키고 밀려드는 잠을 이기지 못해 눈을 감으며, 상처 난 자리 위로 조금씩 새살을 틔운다. 아픔이 스스로를 증명해 줄 거라 믿었던 생각은 시간이 만들어내는 무던함 앞에서 서서히 힘을 잃는다. 대단한 결심을 하지 않아도 몸은 이미 다음 일정을 준비하며 부지런히 움직이고 있다.

짐을 줄이는 과정은 특별한 각오보다 차라리 매일 하는 설거지나 청소 같은 습관을 닮았다. 눅눅한 슬픔을 털어내고 비로소 숨을 쉴 구멍을 찾는 반복 속에 하루가 흐른다. 흔적은 완전히 지워지지 않겠지만 그 위로 돋아난 자국은 이전보다 두터워지고 담담해진다. 비극은 짧고, 생활은 길다. 우리를 다시 걷게 하는 건 결국 아무 일 없다는 듯 이어지는 매일의 관성이다.

살아 있다는 건 내일의 밥을 짓고 세탁기 돌아가는 소리를 배경 삼아 멍하게 창밖을 보는 일이다. 완벽하게 나아지는 건 없어도 지금 할 수 있는 작은 움직임들을 묵묵히 이어가는 것만으로도 충분하다. 이제야 비로소 두고 온 것들로부터 멀어질 준비를 마친다.

Track 35. 붙잡지 않으면, 정말 사라질 것 같아서

　무언가를 지키기 위해 손아귀에 힘을 주면 가장 먼저 하얗게 질리는 건 자신의 손등이다. 움켜쥔 대상은 서서히 제 모양을 잃어가는데, 사라질까 봐 더 세게 쥐는 것 말고는 다른 방법을 알지 못한다. 놓치는 순간 공들여 쌓아온 시간들이 한꺼번에 쏟아져 내릴 것 같아 자꾸만 손가락에 힘을 실어본다.

　내가 욕망하는 당신의 온기가 빠져나가고 있다는 걸 느끼면서도, 익숙한 무게감이라는 환상을 붙여 위태로운 균형을 버틴다. 비워내면 편해진다는 조언은 내게 닿지 못하고 흩어진다. 어떤 마음은 이미 장기처럼 몸 안쪽에 자리를 잡고 있어서, 놓아주는 것이 아니라 차라리 도려내야만 끝이 나는 종류의 것이기도 하니까.

아픔을 참으며 주먹을 꽉 쥐고 있을 때 비로소 내가 여전히 당신을 놓지 못하고 있다는 사실을 실감한다. 하얗게 질린 손등 위로 흐르는 떨림은 부재를 애써 부정하며 버티는 흔적이다. 결국 사라질 것을 알면서도 끝내 손을 펴지 못하는 행동은 미련이라기보다, 무엇에라도 매여 있지 않으면 당장이라도 흩어질 것 같은 내가 내는 작은 소동일 뿐이다.

단지 내가 부서지지 않기 위해 떠난 이름을 붙들고 사는 욕심이다. 꽉 쥐고 있던 손을 천천히 펴면 손바닥에 남은 손톱자국이 그동안 붙잡으려 애썼던 시간을 대신 말해준다. 텅 빈 손바닥 위로 쏟아지는 허공을 바라보며 이제야 조금씩 힘을 빼는 연습을 시작한다.

Track 36. 가장 빛나던 순간은, 사라지기 직전이라는 걸

누군가를 잃은 뒤에도 생은 무책임하게 이어진다. 배가 고파 편의점에 가고, 새로 나온 도시락을 살피고, 유통기한을 확인한다. 슬픔의 농도와 상관없이 몸은 자꾸만 다음 끼니를 원한다. 무언가를 지키기 위해 애쓰던 시간들이 무색하게도 허기는 예고 없이 찾아와 매일을 밀고 간다.

유성이 쏟아질 거라는 뉴스를 본 날, 낡은 외투를 걸치고 옥상에 올랐다. 기적을 바라기 위해서가 아니라 당신이 이제 없다는 사실을 확인하고 싶었을 뿐이다. 주머니 속에 넣은 손이 차갑게 식어갈 때까지 하늘을 응시했다. 시야 밖으로 밀려난 기분으로 서 있으면, 내가 없는 세상도 이토록 고요하게 잘만

굴러가고 있다는 사실에 가슴 한쪽이 서늘해진다.

어둠을 뚫고 빛 한 줄기가 떨어진다. 제 몸을 태우며 바닥으로 곤두박질치는 소멸. 당신 또한 저렇게 타오르다 내 삶 밖으로 튕겨 나갔을 것이다. 찰나의 흔적을 보며 깨닫는다. 눈부신 순간은 대개 사라짐과 동시에 시작된다는 것을. 가장 밝은 빛은 늘 끝을 예고하며 나타나고, 나는 그 찬란함을 배웅하며 비로소 당신이 사라졌음을 인정한다.

옥상 문을 열고 내려오는 계단은 평소보다 가파르고 단단하다. 빛은 잠시 머물다 사라졌지만 망막에는 지워지지 않는 화상이 남았다. 어둠은 여전했지만 빛을 본 눈은 이전으로 돌아가지 않는다. 어떤 소멸은 마침표가 아니라, 남겨진 생을 버티게 할 흉터로 남기에.

다시 편의점에 들러 무엇을 삼킬지 고민하다, 하나를 고르고 계산을 마친다. 비닐봉지를 쥔 채 정적 속을 걷는 등 뒤로 불빛이 드리운다.

Track 37. 안부를 묻지 않는 것이 안부가 될 때

네가 사라지자 너를 매개로 알게 된 사람들과의 대화도 서서히 멈추기 시작했다. 만나면 네 이름을 먼저 꺼내야 할지 말아야 할지 망설이다가, 굳이 서로의 얼굴을 보는 시간이 줄어든다. 그러다가 결국 안부를 묻지 않는 것이 우리를 향한 최선의 안부임을 알게 된다.

함께 알던 이들의 소식이 화면 위로 흐를 때, 나는 그들의 하루에서 네 그림자가 지워져 가는 것을 본다. 누군가는 여행을 가고, 누군가는 새로운 식당 사진을 올린다. 나 역시 다르지 않다. 우리는 서로가 잊혀지는 화면을 보지 못한다. 관계의 중심이 뽑혀 나간 뒤 각자의 방향으로 흩어지는 것은 자연스러운 현상이라고 받아들인다.

너를 전혀 모르는 사람과의 대화는 가볍다. 네 이름도, 우리의 역사도 모르는 타인 앞에서 나는 비로소 아무것도 아닌 사람이 된다. 그는 농담을 던지고, 나는 그 농담에 웃는다. 낯선 이름들이 섞인 테이블에 앉아 날씨 이야기를 하는 동안의 나는, 그 무심한 시선 뒤로 숨어 잠시 너를 지운다.

함께 알던 이들과 멀어지는 것은 네가 없는 세계에 곁을 비워내는 일이다. 나는 이제 나를 모르는 이들이 가득한 카페에 앉아 이름 모를 음악을 듣는다. 서로의 슬픔을 확인하지 않아도 되는 건조한 상태가 과한 온도의 위로보다 낫다는 생각을 하며.

단톡방의 알림은 꺼져 있고, 나는 새로 연 카페에 앉아 있다. 내 앞의 사람은 오늘 처음 보는 메뉴의 이름을 읽고, 나는 그에게 날씨가 덥다는 말을 건넨다. 우리는 서로의 지난 계절을 궁금해하지 않는다. 나의 삶에서 오늘 하루 동안 아무도 네 안부를 묻지 않았다.

Track 38. 알코올 향이 나는 식탁

퇴근길 지하철, 낯선 이들의 축축한 외투 사이에 낀 손가락은 허기보다 위안을 먼저 찾는다. 화면 속 음식 사진을 넘기는 행위는 소모된 에너지를 메워 넣는 작업과 닮아 있고, 현관문이 닫히고 나서야 방 안의 정적이 내려앉는다. 복도에서 발소리가 들리면 잠시 숨을 죽였다가 엘리베이터 숫자가 멀어지고서야 봉지를 들인다.

비닐 위에는 누군가의 지문과 눅눅한 습기가 엉겨 있어 분무기로 알코올을 뿌려 흔적을 지우고 나서야 식어가는 온기를 마주한다. 밖에서는 다정한 척 고개를 끄덕였으나 여기서는 외부의 기척조차 평온을 깨뜨리는 방해일 뿐이다. 노동은 삼키되 그 안에 섞인 피로까지 나누고 싶지는 않은 결벽이 하얀 식탁 위로 투명하게 번진다.

벽 너머의 진동조차 매트 속에 흡수될 때 방의 안녕은 완성되고 젓가락을 들어 음식 한 점을 입에 넣으면 비어 있던 하루의 구석이 천천히 메워지기 시작한다. 꾸역꾸역 씹어 넘기는 목구멍의 감각으로 살아 있음을 확인하며 다시 하루를 버텨낼 준비를 한다. 텅 빈 용기를 씻어 놓고 얼룩을 알도올 솜으로 문질러 닦아내는 행위는 나만의 영토를 정돈하는 일이다.

온기가 휘발된 자리는 차갑고 매끄러워 테이블 위로 소독약 냄새가 번지면 비로소 안심이 된다. 세상으로부터 멀어지고 나서야 혼자라는 감각이 선명해지고 식탁 앞에 앉아 고요를 음미하는 시간은 누구에게도 방해받지 않는 몫이다. 밖에서 묻혀온 것들을 모두 지우고 고요 속 혼자가 된다. 이제야 쉴 준비가 끝난다.

Track 39. 창문을 훔쳐보는 밤

밤마다 건너편 아파트 창에 비친 빛을 바라보면 복잡했던 마음이 가라앉는다. 커튼 너머로 번지는 농도와 거실을 지나는 실루엣들 사이에서 방들은 저마다의 온도로 놓여 있고 조용히 책장을 넘기거나 늦은 식사를 차리는 움직임이 투명하게 비친다. 가려지지 못한 틈으로 새어 나오는 평범한 풍경들에 눈길이 머무는 것만으로 이곳의 공기는 정돈된다.

싱크대에는 씻어내야 할 접시가 쌓여 있고, 정리되지 않은 옷가지들이 의자 위에 걸려 있다. 제멋대로인 방 안에서도 반짝이는 불빛들 덕분에 혼자가 아님을 느낀다. 모르는 이의 창가에 깃든 불빛을 보며 발을 딛은 바닥의 무게를 고르는 일은 소란스러운 하루 끝 평온을 찾는 방법이 된다.

세상 속 수많은 이야기가 흘러가는 동안에도, 손에 들린 초콜릿은 달콤하다. 창밖의 풍경이 일정하게 흐르고 있다. 건너편의 시선 역시 이곳의 빛을 보며 마음을 누이고 있을지 모른다는 생각을 하며 한입 베어 문다. 서로의 불빛을 길잡이 삼아 각자의 밤을 건너가는 시간이 깊어진다.

타인의 존재가 나의 안녕을 확인해 준다는 사실과 함께, 저기 누군가 살아가고 있다는 신호가 오늘을 다독인다.

Track 40. 느릿한 숨바꼭질

소음이 가득한 거리에서 이어폰을 끼는 순간
세상의 볼륨은 줄어든다. 그리고 일정한 리듬 뒤로
표정을 감추고 군중 속으로 섞여 들어갈 때 비로소
어디로도 분류되지 않는 투명한 상태가 된다. 누군
가와 어깨를 스칠 때 받게 되는 시선도 힘없이 튕겨
나간다. 남의 시선에서 벗어나 해석되지 않아도 된
다는 은신은 이 소음 속에서 스스로를 지키는 최소
한의 방식이다.

해를 넘기고 돌아온 기척들은 어둠이 내리면
다른 얼굴로 곁을 채운다. 정적을 견디지 못해 멀리
했던 소리들을 다시 귀 안으로 불러들인다. 화면 너
머에서 종이를 넘기거나 칼질하는 파동이 들려올 때
팽팽했던 심박수가 제 자리를 찾는다. 혼자를 지키

기 위해 빌려 쓴 낯선 숨소리는 곧 평온한 잠으로 이어진다.

지워진 몸이 끝내 가닿는 곳은 낡은 공책 앞이다. 백스페이스 한 번으로 흔적이 휘발되는 화면 위에서는 사는 게 실감 나지 않아 굳이 펜을 들어 지울 수 없는 얼룩을 남긴다. 수정 가능한 데이터가 되어버린 세상에서 종이 위에 남긴 자국은 오히려 확실한 증거가 된다. 눌러 쓴 글자마다 배어 나오는 잉크가 내가 여기 살아 있음을 증명한다.

아침이 오면 종이 위 잉크는 말라 있고 화면도 멈춰 있다. 어젯밤의 숨소리가 누구의 것이었는지 확인하지 않은 채 하루를 시작한다. 잠시 연결되었다는 기분은 전원을 끄는 순간 사라지지만 종이에 남은 자국은 어제와 같은 자리에 머물러 있다. 닿는 대로 미끄러지는 액정 위에서 길을 잃다가도, 종이의 결을 파고든 잉크의 무게를 보면 조금 안심이 된다. 다시 소음 속으로 나가야 할 시간이 되면 공책을 닫고 이어폰을 챙긴다.

모든 것이 수치로 바뀌는 곳에서는 사는 게 실감 나지 않아 자꾸만 뒤를 돌아보게 된다. 기록되지

 ▶

않는 소음과 지워지지 않는 낙서 사이에서 하루의
무게를 가늠한다. 숨고 싶으면서도 흔적을 남기고
싶은 마음이 이어폰과 공책 사이에 놓여 있다. 쉽게
지워지는 것들 사이에서 얼룩을 만들며 오늘의 위치
를 확인한다.

Playlist 3.

목련 그늘 아래서는 마음이 자주 덜컹거린다.

겨울 외투를 벗는다고 도시의 무게가 단번에 가벼워지는 것은 아닌데 어깨는 자꾸만 느슨해진다. 빳빳하게 세워 두었던 계획들이 바람에 밀려 조금씩 기울어 가고 출퇴근길 풍경이 채도를 높이는 동안 잠시 속도를 늦춰 본다. 대단한 성취 같은 건 밀쳐두고 불어오는 바람의 온도를 재는 시간이 필요해지는 계절이다.

환승 통로를 가득 채운 빵 냄새에 걸음이 자주 붙잡힌다. 주머니 속 지폐 몇 장으로 바꾼 온기는 거창하지 않지만, 오늘을 그만두지 않아도 될 이유 하나쯤은 충분히 되어준다. 눅눅한 종이봉투를 안고 걸으면, 무언가를 품고 있다는 사실만으로도 목적지에 도착해야 할 동력이 생긴다. 식기 전에 서둘러 걸음을 옮기며 굳어 있던 표정이 조금 부드러워지는 걸 느낀다. 세상은 대체로 무심한 얼굴을 하고 있지만 가끔은 이런 방식으로 숨을 붙여주기도 한다.

냉동실에서 꺼낸 얼음이 유리컵에 부딪히는 소리나 화분의 위치를 옮기며 잎에 묻은 먼지를 닦아내는 손가락 같은 것들. 설명하기 어려운 작은 움직임들이 하루를 지탱하는 힘이 된다. 감정은 제멋대로 흔들려도 포트 속 물은 끓고 베란다의 꽃은 어김없이 자라난다. 우리는 아주 사소한 반복의 힘으로 다음 날게 도착한다.

밤이 길어질수록 재난 영화 속 장면들이 선명하게 다가온다. 무너지는 건물 사이에서도 끝내 서로를 놓지 않는 손을 보며 화면 밖의 내가 여전히 의자에 무사히 앉아 있다는 사실을 확인한다. 내가 아직 여기 존재한다는 감각과 생이 아직 끝나지 않았다는 안도감. 그것이면 충분하다는 생각이 든다.

마트에서 세척된 당근 대신 흙이 묻은 것들을 집어 들고, 보도블록 사이 다 피지 못한 꽃봉오리를 한참 들여다보던 시선 같은 것들. 한 정거장쯤 돌아가도 괜찮다고 생각했던 밤의 기록들이 쌓여 나라는 무늬를 만든다. 그저 오늘을 비워두지 않았기 때문에 이어지는 것. 창문을 열어 들어오는 밤공기를 맞으며 생각한다.

아직은 이 자리에 머물러도 좋겠다고.

Track 41. 빛이 과하게 고운 오후였다

자퇴하고 나서 얼마 지나지 않아, 나는 내 이름이 적힌 학원증을 손에 쥐게 되었다. 새벽 지하철 문이 닫히는 소리에 맞춰 몸을 실으면 긴 하루가 시작되곤 했다. 형광등 아래서 쏟아지는 문장들을 부지런히 받아 적고 점심은 편의점에서 산 퍽퍽한 쿠키 한 봉지로 대신했다. 입안에 남은 텁텁한 단내가 가시기도 전에 다시 자습실 책상 앞에 앉으면 칸막이 너머로 들려오는 이름 모를 이들의 숨소리만이 곁을 지켰다. 단어가 빼곡한 수첩을 쥔 채 돌아오는 버스 창밖은 늘 일정한 어둠뿐이라 계절이 바뀌는 줄도 모르고 지냈다.

종일 창문 없는 건물 안에서 시간을 보내다 보면 오늘이 며칠인지보다 외워야 할 목록들이 더 중요하게 느껴졌다. 그러던 어느 겨울날 모의 시험을 치르고 돌아오는 버스 안에서 낯선 풍경을 마주했다. 평소처럼 고개를 숙여 단어를 외우려는데 창틀을 뚫고 들어온 빛이 무릎 위를 묵직하게 눌렀다. 그동안 잊고 지냈던 노을이 버스 안을 온통 오렌지색으로 물들이고 있었다. 해가 지는 시간의 하늘빛이 이토록 따뜻했다는 사실을 아주 오래 잊고 살았다는 감각이 몸을 훑었다.

과하게 고운 빛이었다. 너무 오랜만에 마주한 태양의 온도는 낯설 만큼 뜨거워 눈이 화끈거리기도 했다. 손등에 내려앉은 햇살이 꼭 멀리서 도착한 안부 같아서 단어장을 덮은 채 잠시 그 열기를 느껴 보았다. 창틀에 닿은 볕의 끝자락이 아쉬워 손가락으로 그 흔적을 더듬었다. 버스가 정류장에 멈출 때마다 노을은 조금씩 조각나 흩어졌고 유리창에 남은 오렌지색은 천천히 식어갔다. 단어장을 다시 펼쳤을 때 하얀 종이 위에는 빛의 잔상이 머물러 있었다.

Track 42. 계절마다 집을 가꾸는 일

분홍색 꽃잎이 창틀에 내려앉기 시작하면 창문을 열어 묵은 공기를 내보낸다. 겨울 내내 닫혀 있던 틈새로 들어오는 바람은 여전히 서늘하지만 새로운 바람이 거실 바닥을 훑고 지나가는 그 감촉이 좋아 가만히 서서 시간을 보낸다. 두터운 이불을 걷어내고 볕이 잘 드는 곳에 널어두는 일이나 서랍 깊숙이 넣어두었던 얇은 옷들을 꺼내 손바닥으로 주름을 펴는 움직임 뒤로 오후의 빛이 길게 따라붙는다.

옷장 문을 활짝 열고 부피가 큰 코트들을 하나씩 꺼낸다. 주머니 깊숙한 곳에서 잊고 있던 작년의 영수증이나 구겨진 종이 조각이 손끝에 잡히기도 한다. 먼지를 털어내고 어깨선을 맞춰 옷걸이에 걸 때마다 달그락거리는 소리가 텅 빈 방 안을 규칙적으로 채운다. 면이나 린넨의 서늘한 질감이 손바닥을 스칠 때마다 옷장의 무게는 조금씩 가벼워진다.

삐걱거리는 문손잡이를 조여 매고 화분 아래 쌓인 마른 흙을 닦아낸다. 여름이면 빳빳한 시트를 꺼내고 찬바람이 불면 조명의 색을 조금 더 노란 빛으로 바꾸는 일들에 집중하다 보면 생각의 잡음은 어느새 가구 너머로 멀어진다. 몸이 닿는 곳곳의 결을 매만지다 보면, 내 삶에서 내가 고칠 수 있는 것들이 아직 남아 있다는 사실에 안도하게 된다.

식탁 위에 계절을 닮은 꽃 한 송이를 꽂아두는 것만으로도 방 안의 농도가 달라진다. 맑은 날에는 투명한 유리병을 꺼내고 비가 잦은 달에는 묵직한 도자기 병을 놓아두는 식으로 사물들의 자리를 다시 정한다. 외출하고 돌아와 현관 불이 켜질 때 정돈된 공기가 마중 나오는 기분은 꽤 괜찮은 안도가 된다.

창틀에 얹혀 있던 묵은 계절을 털어내고 정갈해진 책상 앞에 앉는다. 열어둔 문틈으로 들어온 연한 바람이 방 안의 낮은 곳부터 채워가는 것을 본다. 이제야 이 방에 봄이 도착했다.

Track 43. 행운을 얼려줘

행운은 대개 작다. 빈틈 하나 없던 지하철에서 내 앞의 사람이 마침 자리를 비워주는 일이나, 품절을 예상하고 들어선 빵집에서 갓 구운 마지막 빵이 다시 채워지는 일 같은 것. 유난히 아무 일도 없던 그날, 불행이 오지 않았다는 사실이 그 자체로 조용한 행운처럼 느껴지는 날이었다.

어린 시절엔 아파트 화단에 쪼그리고 앉아 흙 냄새를 맡으며 네잎클로버를 찾곤 했다. 아무리 뒤져도 나오지 않으면, 결국 이름 모를 세 잎짜리 풀떼기를 뜯어 들고 왔다.

"이것도 비슷하게 생겼지?"

엄마에게 자랑하며 책 사이에 꾹 눌러 두던 마음. 그건 행운을 찾은 게 아니라, 행운이라 믿고 싶은 무언가를 어떻게든 곁에 잡아두고 싶었던 욕심이었다.

지금도 다르지 않다. 행운을 얼려둘 수 있다면 좋겠다고 생각한다. 지금의 초록을 그대로 굳혀서, 내일이 조금 거칠어져도 녹지 않게. 냉동실 문을 열면 얼음 틀마다 오늘을 무사히 넘긴 시간들이 담겨 있었으면 했다. 끝까지 삼킨 문장, 화를 내지 않고 지나간 오후, 무너지지 않고 의자 위를 지켜낸 나 같은 것들.

냉동실의 냉기는 손바닥에 머물던 다행스러운 기운까지 얼리지는 못한다. 아니. 애초에 형태가 없는 것들은 얼음 틀 안에 가둘 수 없다. 책장 속에서 누렇게 말라 가던 이름 모를 풀처럼, 억지로 붙잡으려는 순간 본래의 색은 바래고 모양은 바스러진다.

냉동실 문을 닫으며 얼지 않는 것들은 얼지 않는 대로 두기로 한다. 대신 물을 한 컵 따라 얼음 틀에 천천히 붓는다. 투명한 칸마다 찰랑이며 채워지는 건 특별한 날이 아니라 그저 오늘의 물이다.

내일이 오면 얼음은 다시 녹을 것이다. 컵 안에서 제 모양을 잃고 조용히 물로 돌아가겠지만, 행운

도 아마 그 정도면 충분할지 모른다. 억지로 붙잡아
두지 않아도 언제든 다시 마실 수 있을 만큼만.

Track 44. 환승 통로를 채우는 노란 숨결

지하철 개찰구를 빠져나와 환승 통로에 들어서면 공기의 밀도가 돌연 말랑해지는 구간이 있다. 서늘한 시멘트 냄새 사이로 달큰한 향이 훅 끼쳐 오면 매끄러운 바닥 위를 걷던 보폭이 미세하게 흐트러진다. 이름 대신 노란 알맹이로 기억되는 그것들은 기계 안에서 일정한 박자로 뒤집히며 구워진다. 향기가 시작되는 가판대를 향해 고개가 비스듬히 기울고, 찰나의 눈짓들이 그곳에 머물다 떨어진다.

누렇게 변색된 조명 아래 옹기종기 도인 것들을 보고 있으면 봉투 입구로 새어 나오는 하얀 김이 눈에 들어온다. 혀끝에 닿자마자 툭 터지는 커스터드 크림은 지하 통로의 서늘함을 잠재우며 입안을 가득 채운다. 갓 구워진 봉투를 받아 들 때 손바닥에

 ▶

느껴지는 푹신한 저항감은 제법 구체적이다. 식기 전 하나를 꺼내 물면 포근한 피 너머로 웅크리고 있던 뜨거운 농도가 한꺼번에 번진다.

덜컹거리는 열차 안, 외투 주머니 속에 든 뭉툭한 봉투는 제 열기에 절어 입구가 보드랍게 휘어져 있다. 얇은 종이 한 겹을 사이에 두고 맞닿은 허벅지 위로 미지근한 기운이 서서히 번진다. 열차가 어둠을 뚫고 달리는 동안 작은 온기를 감싸 쥔다. 종이의 바스락거리는 소리와 손목까지 타고 올라오는 열기가 셔츠 안을 채운다.

외투를 벗어 걸면 고여 있던 향이 방 안으로 퍼진다. 지하철에서 마주쳤던 그 압도적인 향기에 비하면 주머니 속 알맹이들은 그새 식어 있다. 코끝에 남은 잔상과 옷자락에 배어든 냄새에 코를 묻어 본다.

봉투는 수분에 젖어 진한 얼룩을 남기고 있다. 향기에 취해 샀던 기대만큼 그리 거창한 맛은 아닐지라도, 여전히 미지근한 기운을 품은 알맹이 하나를 입안에 넣는다. 눅눅한 질감이 천천히 흩어지는 것을 느끼며 조금 전까지 나를 따라오던 노란 향기

가 입안에서 자취를 감출 때까지, 그 희미한 온기를
오래도록 머금어본다.

Track 45. 바늘이 가리키지 못하는 무게

시장 입구에 들어서면 사방으로 흩어지는 활기 사이로 유독 진한 생활의 냄새가 발걸음을 붙잡는다. 이곳은 달력 없이도 계절을 먼저 마중 나가는 공간이다. 매일 새벽이면 수많은 것들이 새로 실려 온다. 그중 노란 빛깔의 숭어와 연둣빛 봄나물들의 채도는 지금이 일 년 중 어디쯤인지를 몸으로 먼저 읽어내게 한다.

수고로움을 무릅쓰고 굳이 이곳까지 나오게 만드는 것은 좌판 할머니의 파김치 때문이다. 차례를 기다리는 줄에 서 있으면 오늘 저녁 식탁에 올릴 메뉴며 소소한 안부들이 왁자지껄한 소음 사이로 섞여 든다. 할머니는 장갑 낀 손으로 대야 뚜껑을 열고 파김치를 넉넉히 집어 올려 검은 비닐봉지에 담는다. 낡은 저울 위에 봉지를 올리면 빨간 바늘이 흔들리다 이내 요청한 무게에 닿지만, 할머니는 못 본 척 김치 몇 뿌리와 양념 국물을 한 국자 더 얹는다. 정확함을 재는 저울이 있어도 이곳에서 숫자는 그다지 중요하지 않다.

양손에 매달린 봉지들이 걸음마다 종아리를 툭툭 건드리는 감각을 느끼며 시장 골목을 빠져나온다. 얇은 비닐 손잡이가 손목과 손가락 마디를 파고들며 붉은 선을 남긴다. 현관 앞에 검은 봉지들을 늘어놓고 손에 남은 열감을 식히는 사이, 저울로는 잴 수 없는 묵직한 기운이 거실 구석까지 번진다.

하나씩 매듭을 풀고 통에 옮겨 담는 손길 위로, 할머니의 대야 속에 고여 있던 진한 양념 냄새가 올라온다. 손목에 선명하게 새겨진 붉은 자국을 가만히 내려다본다. 비닐봉지가 손바닥을 파고들던 그 뻐근한 무게는 사실 할머니가 보태준 마음의 크기였다는 것을, 식탁 위에 놓인 김치 통을 보며 실감하는 저녁이다.

Track 46. 흙 묻은 당근

마트의 야채 코너는 언제나 정갈하다. 일정한 온도를 유지하는 쇼케이스 안에는 말갛게 씻긴 채소들이 비닐 옷을 입고 나란히 누워 있다. 형광등 빛을 반사하는 매끈한 표면들이 칸마다 빈틈없이 들어차 있는 풍경. 그 사이로 옅은 냉기가 소리 없이 흐른다.

그 틈에 흙을 잔뜩 머금은 당근 무더기가 놓여 있다. 포장도 없이 쌓인 그것들은 마트의 매끈한 질서 속에서 유독 마음이 가는 구석이 있다. 하나를 집어 들면 손가락 사이로 마른 흙이 포슬하게 떨어진다. 흙은 당근의 몸통을 담요처럼 포근하게 덮고 있고, 손바닥에 닿는 감각은 투박하지만 든든하다.

이 당근은 누군가의 식탁에 오르기 전까지 땅 속에서 부지런히 볕을 기다리며 제 안의 단맛을 채워왔을 것이다. 장바구니에는 예쁘게 닦인 것들 대신 흙이 묻은 알맹이들을 담는다. 손끝에 검은 흔적이 남지만 개의치 않는다. 진열대 위에서 유일하게 제 숨을 쉬는 것을 보듬는 일은 꽤 다정하다.

집으로 돌아와 싱크대 앞에 서서 물을 튼다. 쏟아지는 물줄기에 검은 흙물이 씻겨 내려가면, 비로소 진하고 따뜻한 주황색 속살이 선명하게 얼굴을 내민다. 흙을 털어낸 자리에 남은 거친 뿌리의 흔적들을 손가락으로 훑어본다.

도마 위에 올린 당근을 칼로 썰 때마다 사각사각하고 단단한 수분이 터지는 소리가 난다. 살짝 비껴 썬 단면 위로 단단하게 응축된 채소의 시간이 보인다. 팬 위에 올린 당근이 지글거리며 짙은 색으로 변해가면 공기가 천천히 달큰해진다.

Track 47. 한 정거장만큼의 우회

　매일 같은 지점에서 멈춰 서던 버스가 정류장에 닿기 전 하차 벨을 누른다. 문이 열리고 지상의 공기가 발등을 덮으면 계획에 없던 장소에 홀로 남겨졌다는 사실이 피부로 전해진다. 익숙한 노선을 한 칸 뒤로 미뤄두고 골목으로 발을 들이는 순간 조금 전까지 거듭 확인하던 도착지의 경계는 흐릿해진다.

　길은 예상하지 못한 방향으로 굽어지고 담장 위로 뻗어 나온 이름 모를 덩굴 식물들은 각기 다른 모양으로 엉겨 있다. 처음 마주하는 창문의 문양과 낡은 대문의 색깔을 눈에 담으며 걷는 걸음은 평소보다 조금 더 느릿하다. 주머니 속 휴대폰이 경로 이탈의 알림을 보내지만, 지도를 확인하고 싶은 마음은 생기지 않는다.

모퉁이를 돌 때마다 나타나는 작은 가게나 불 꺼진 세탁소는 누군가에게는 익숙한 일상이겠지만 나에게는 잠시 빌려온 무대처럼 보인다. 밝기를 낮춘 가로등 아래로 길게 늘어지는 그림자를 밟으며 걷는다. 어디로 연결될지 모르는 막다른 길 앞에서 잠시 멈춰 섰다가 다시 발을 떼는 동안 보도블록의 틈새를 비집고 나온 풀줄기들이 신발 등에 스친다.

어느 집 열린 창문 틈으로 새어 나오는 저녁 찌개 냄새와 먼 곳에서 들려오는 희미한 개 짖는 소리를 따라 걷는다. 담장 너머로 낮은 대화 소리가 들리고 베란다에 널린 이불이 밤바람에 몸을 부풀리는 광경이 보인다. 골목이 내어주는 정적 사이로 밑창에 밟히는 모래알의 질감이 유독 선명하게 전해진다.

한참을 돌아 익숙한 큰길이 보이고 신호등이 초록으로 바뀐다. 주머니 속 손은 기분 좋은 온기를 머금었다. 한 정거장만큼의 거리를 돌아 닿은 하늘에는 처음 보는 모양의 달이 떠 있다.

Track 48. 발톱 끝에 걸리는 도시

엘리베이터 문이 열리면 지상과는 밀도가 다른 바람이 머리칼을 거칠게 헤집는다. 옥상 철문을 밀고 나갈 때 손바닥에 닿는 차가운 금속의 감각과 뒤이어 문이 닫히는 소리가 들리면, 조금 전까지 나를 붙들고 있던 번잡한 대화들로부터의 완벽한 퇴로가 열리는 기분이 든다. 난간에 가만히 턱을 괴고 있으면 발밑에서 일렁이던 소음들이 뭉툭해진다.

여덟 차선 도로 위를 기어가는 자동차들은 색색의 조각들처럼 흩어져 굴러가고, 부지런히 움직이는 사람들의 정수리는 잉크 한 방울이 번진 듯한 점에 불과하다. 아래에 있을 때는 시야 전체를 가로막고 섰던 벽들이 이곳에선 발바닥 아래 놓인 작은 무늬처럼 보인다. 난간 위에 펼쳐 얹은 손바닥 아래로 길게 뻗은 거리의 모습이 납작하게 깔린다.

옥상 한쪽에 심어진 키 작은 나무들은 바람이 불 때마다 제 몸을 맡기며 부드럽게 흔들린다. 얇은 흙 위에 뿌리를 내린 채로도 제 몫의 초록을 지켜내는 것들. 건물의 꼭대기까지 흙을 실어 나르고 화단을 가꾸었을 누군가의 손길이 머문 자리를 본다. 수풀 사이로 불어오는 바람은 열기보다 숲의 서늘함을 더 많이 닮아서 잠시 눈을 감게 된다.

다시 아래로 내려가기 위해 문손잡이를 잡으면, 현실의 온도가 손바닥을 타고 전해진다. 층수를 알리는 숫자가 바뀔 때마다 세상은 다시 원래의 크기로 불어나며 이쪽을 향해 바짝 다가온다. 조금 전까지 발밑에 두었던 그 납작한 세상을 기억하며, 나는 다시 거대해진 건물들 사이로 섞여 들어간다.

Track 49. 직선이 휘어지는 찰나

거대한 유리 빌딩은 평소 아무런 표정이 없다. 매끈한 표면은 거리의 소란을 무심히 반사할 뿐이다. 그러다 해가 낮게 기울어지는 오후의 끝자락이 되면, 무표정하던 이 커다란 유리판들도 온몸으로 빛을 받아내기 시작한다.

빌딩 사이로 붉은 기운이 비스듬히 스며들면 차가운 유리창마다 노을이 조각조각 박힌다. 수직으로 서 있던 면들이 빛을 머금고 일렁이는 순간, 딱딱한 유리 벽면은 거대한 바다가 되어 윤슬처럼 반짝인다. 거울 속에서 해는 제 모양을 잃고 흩어지며 유리 표면을 진한 오렌지색으로 물들인다.

길을 걷다 잠시 고개를 들면, 창문에 걸린 노을 조각들이 눈 안으로 쏟아진다. 한 면은 타오르는 주황색으로 채워지고, 그 옆 칸은 흐릿한 보랏빛에 잠긴 채 잔잔하게 물결친다. 직선뿐이던 건물이 노을을 빌려 잠시 곡선으로 일렁이는 시간. 무겁게 서 있던 건물의 부피가 빛의 굴절 속에서 잠깐 다른 얼굴을 한다.

유리창마다 제각기 다른 각도로 비친 하늘은 조각난 채로 건물의 표면을 타고 흐른다. 파편이 된 노을이 창유리의 개수만큼 증식하며 수직의 수면을 가득 채우고 있다. 바삐 걷던 사람들은 각자의 머리 위로 쏟아지는 조각난 하늘을 잠시 나누어 가진 채 걸음을 옮긴다.

건물 안에서 형광등이 하나둘 켜지면 유리창에 머물던 색들은 금방 자취를 감춘다. 일렁이던 빛들이 다시 어둠 속으로 정렬되는 시간. 노을이 사라진 자리에 하얀 불빛이 들어오고, 빌딩은 다시 원래의 딱딱한 덩어리로 돌아온다.

Track 50. 창틀에 걸린 달의 조각

거실 창틀 왼쪽 모서리에는 연필로 그어둔 자잘한 선들이 있다. 불을 켜지 않은 채 그 앞에 서면 어제 그어둔 선과 오늘 새로 그어야 할 자리 사이의 간격이 보인다. 매일 같은 시각에 서서 달의 위치를 확인하고 기록해둔 흔적들이다.

달은 계절을 따라 조금씩 옆으로 밀려난다. 창틀 한가운데 보름달이 들어차는 날이 있는가 하면, 난간에 몸을 기대고 상체를 밖으로 길게 뻗어야만 간신히 빛의 끄트머리를 발견하는 날도 있다. 손바닥에 닿는 차가운 금속의 감각을 느끼며 어제보다 아주 조금 이동한 위치를 가늠하고 선을 긋는다. 흑연이 나무에 닿는 사각거리는 소리가 들리고, 선 하나가 더해진다.

유독 얇게 벼려진 초승달을 보는 밤이면 얼굴을 자세히 살핀다. 빛나는 눈썹 같은 선 위로 어둠에 잠긴 나머지 몸체가 흐릿한 구형으로 떠 있다. 지구에서 반사된 빛을 빌려 제 둥근 윤곽을 드러내고 있는 형상. 빛나는 부분보다 어둠 속에 숨어 있는 쪽이 더 크다.

골목을 꺾고 횡단보도를 건너는 내내 머리 위를 놓치지 않고 따라오던 시선이 여기 있다. 착각인 줄 알면서도 어디를 걷든 그 빛이 나를 놓치지 않고 보고 있다는 사실을 느낀다. 얼굴을 들어 횡단보도를 건너는 내내 머리 위를 좇던 시선과 마주한다. 어디를 걷든 빛이 따라온다는 환상에 빠진다.

검게 번진 손바닥으로 난간 손잡이를 잡으면, 문턱을 넘지 못한 그림자들이 달의 밤으로 모여든다. 빛나는 선보다 그늘진 면이 더 거대하다는 사실이 꽤 안심이 된다.

Track 51. 중력을 거스르는 자정의 비행

밤 11시 59분. 숫자가 바뀌기 직전의 1분은 늘 비현실적이다. 어제와 오늘이 뒤섞이는 이 틈새로 가라앉아 있던 것들이 연기처럼 새어 나오고, 오직 디지털시계가 발산하는 인공적인 빛만이 방 안의 채도를 결정한다. 몸을 누르던 무게가 잠시 느슨해지는 시간, 낮은 곳에 머물던 시선은 자연스럽게 높은 곳으로 꺾인다.

고개를 들면 별들이 보인다. 빛은 소원을 들어주지 않지만 눈동자는 그 파동을 쫓아간다. 닿지 않을 안부를 허공에 던지는 동작은 자정이 가까워질수록 필연적인 리듬이 되고, 반복되는 밤마다 시차는 선명해진다.

우주는 너무 넓어서 지금 내 눈에 닿는 저 별빛

이 이미 사라진 별이 보낸 아주 오래된 안부일지도 모른다는 생각을 한다. 이미 꺼진 불빛이 긴 시간을 건너 내 방 창가에 머무는 것이라면, 누군가와 멀어져 있다는 사실도 그리 비극적이지 않게 느껴진다. 우리는 각자의 밤을 지키느라 너무 멀리 있지만, 닿지 않는 마음들이 허공을 떠돌다 서로의 궤도에 슬쩍 걸치기도 할 테니까. 그 막막한 거리감은 이제 익숙한 리듬이 되었다.

1분 뒤면 어제가 될 오늘을 붙잡고 잠시 고개를 꺾어 본다. 전하지 못한 말들을 삼키고 나면 시계는 무심하게 '00:00'을 띄운다. 모든 숫자가 공백이 된 찰나, 방 안은 다시 자정의 어둠으로 가득하지만, 방금 본 별빛이 여전히 눈동자에 잔상으로 남아 있어 나는 길을 잃지 않을 것 같다.

Track 52. 언어 밖의 세계

편의점 계산대 앞에서 몇 초간 정적이 흐른다. 직원이 뱉는 단어들은 공기 중에 흩어질 뿐 귀에 닿지 않는다. 카드가 인식되지 않자 그는 모니터를 가리키며 무어라 다시 말하지만, 나는 그저 어깨를 으쓱하며 웃고 만다. 애써 단어를 찾아내거나 사정을 설명하지 않아도 되는 순간. 직원은 말없이 카드를 건네받아 단말기의 먼지를 닦고 다시 밀어 넣는다. 읽히지 않는 눈빛 대신, 영수증을 건네는 그의 정중한 손끝이 이 짧은 정적을 채운다.

누구도 나를 읽으려 하지 않는 시간이다. 안부를 묻는 질문이 입술을 떠나자마자 길바닥으로 흩어지는 장소. 그곳에서 몸은 잠시 설명되지 않아도 되는 자유를 얻는다. 이름과 직함이 먼저 소개되는 자리들 속에 오래 머물다 보면 내면의 무늬는 점점 흐릿해지기 마련이다. 이해시켜야만 통과할 수 있는 입구들을 지나오며 마음은 수시로 깎여 나간다.

말이 통하지 않음은 서로의 몸짓에 더 집중하게 만든다. 길을 잃고 멈춰 서 있을 때 누군가 슬그머니 다가와 가리키는 손가락의 방향, 식당에서 낯선 메뉴판을 보며 머뭇거릴 때 옆자리 사람이 슬쩍 밀어주는 설탕 그릇 같은 것들. 단어에 갇히지 않은 다정함은 문장보다 먼저 도착한다. 해석할 필요 없는 그 무심한 호의들이 공중에 떠다니다가, 뜻밖의 순간에 온기로 전해진다.

언어의 의무가 사라진 자리에는 오직 낯선 풍경의 질감과 무언의 배려만 남는다. 말의 순서를 맞출 필요도, 표정을 관리할 이유도 없다. 알아들을 수 없는 대화들이 흐르는 카페 구석에 앉아 있으면, 주인은 묻지도 않고 따뜻한 물 한 잔을 탁자 끝에 놓아두고 간다. 그 소리 없는 환대만으로도 충분해지는 시간이다.

숙소로 돌아오는 길에 문득 멈춰 선다. 떠나온 것은 장소가 아니라, 끊임없이 스스로를 설명하려

애쓰던 습관이었음을 깨닫는다. 질문이 없는 거리에
서 발걸음은 자연스럽게 늦춰지고, 말 대신 숨이 먼
저 정렬된다. 이제야 비로소 나는 내 자신이 된다.

Track 53. 2시간 14분짜리 러브레터

누군가와 나란히 앉아 영화 한 편을 보는 일은 묵직한 약속이다. 2시간 14분이라는 물리적인 시간을 상대에게 내어주겠다는 뜻이다. 이어폰 한쪽씩을 나눠 끼고 쏟아지는 장면들을 지켜보는 동안에는 단 한마디의 말도 나오지 않는다. 서로 같은 것을 보거, 화면의 빛이 바뀔 때마다 곁에 앉은 사람의 얼굴에 낯선 색들이 내려앉는다.

줄거리는 남지 않는다. 어두운 방 안, 미세하게 들려오는 숨소리와 어깨 끝에 스치는 온기만으로 감각은 충분히 가득 찬다. 화면 위로 인물들의 대사가 흩어지는 중에도 시선은 자꾸만 빛바랜 무릎이나 느리게 까딱이는 상대의 손가락 끝에 머문다. 전하고 싶지만 발음하지 못한 문장들이 배경음악 사이마다

  ▶

스머든다. 음악이 좋다는 무해한 말로 마음의 시차를 조절하며, 2시간 14분은 서로의 곁에 머물 명분을 쌓아간다.

엔딩크레딧이 올라오기 전, 암전된 순간은 특별한 무게를 가진다. 같은 속도로 시간을 소모했다는 사실만이 어둠 속에서 선명해진다. 영화관 밖으로 걸어 나오는 동안, 두 사람의 뒤로 전해지지 못한 말들이 그림자처럼 길게 늘어진다. 말하지 않은 것들이 발걸음마다 따라붙는다.

고백은 상영관 속에 남겨진다. 단 하나의 음절로도 남기지 않았으나, 그것은 가장 긴 문장이 된다. 가로등 아래 나란히 맞춰진 보폭 사이로, 읽히지 않은 마음들이 발목 언저리를 맴돈다. 차가운 밤공기가 내 속을 가득 채울 때마다 상영관 안의 온도가 문득 그리워진다.

영화가 끝나도 그 시간의 여운은 쉽게 사라지지 않는다. 주머니 속으로 뭉쳐 넣은 이어폰 줄의 엉킴을 만지작거리며 걷는다. 2시간 14분은 그렇게 한 문장의 고백도 없이 침묵으로 남는다.

Track 54. 판박이 스티커

뺨에 닿은 물기가 차가워 눈을 질끈 감았다. 엄마는 젖은 종이를 내 얼굴에 대고 손가락으로 꾹꾹 눌러 문질렀다. 잠시 후 종이를 떼어내자 얇은 비닐 조각이 살갗 위에 남았다. 경기장의 조명을 받아 반짝이던 판박이 스티커. 그것을 보며 환하게 웃던 가족들의 얼굴 너머로, 돗자리를 촘촘하게 펴고 앉은 모르는 이들의 어깨가 겹겹이 쌓여 있었다.

언니가 입에 물려주던 음료의 단맛과 인파 속으로 사그라들던 아빠의 등. 거대한 스크린에서 쏟아지는 빛을 수백 명의 타인과 나누어 맞으며 앉아 있으면, 옆자리 사람들의 표정이 문득 가깝게 읽혔다. 골이 터질 때마다 사방에서 터져 나오던 함성 속에 내 목소리가 묻혀도 아무도 돌아보지 않던 밤. 한 장면을 같이 보는 동안에는 누구도 남이 아니었다.

경기 결과는 잊었어도 집으로 돌아오던 길의 풍경은 손바닥에 닿을 듯 선명하다. 우리의 곁을 나란히 걷던 이름 모를 사람들. 가로등 아래로 길게 늘어진 그림자들이 겹쳤다 떨어지기를 반복하고, 그들이 내는 발소리는 내 보폭과 비슷한 박자로 이어졌다.

인파가 갈라지는 골목마다 그 일정한 박자가 하나둘 빠져나갔다. 멀어지는 뒷모습들을 향해 속으로만 조그만 인사를 건넸다. 볼 위에 남았던 물기는 이미 말라 사라졌지만, 곁에서 걷던 이들의 온기는 아직 뺨 근처에 머물러 있었다. 흩어지는 발소리들을 하나하나 세어보며 천천히 보폭을 줄였다.

Track 55. 재난 영화가 위로가 되는 이유

거대한 파도가 도시를 삼키는 장면을 보며 사람들은 팝콘을 씹는다. 입안에서 버석거리며 부서지는 옥수수 알갱이의 단맛은 스크린 속 비명과 섞여 기묘한 거리감을 만든다.

화면이 파편으로 가득 찰수록 극장 안의 정적은 깊어지고, 옆자리에 앉은 사람들은 약속이라도 한 듯 일제히 숨을 죽인다. 파괴가 압도적일수록 머릿속을 어지럽히던 생각들은 간소해진다.

내일의 할 일이나 누군가의 평판 같은 것들도 해일 앞에서 무력하다. 대출금의 잔액을 걱정하다가도, 무너지는 건물 아래 갇힌 이를 보는 동안만큼은 오직 생존만이 유일한 목적이 된다. 재난은 삶의 곁가지들을 쳐내고, 지금 숨을 쉬고 있다는 사실 하나만을 남겨둔다. 팝콘을 삼키는 목구멍의 감각이 평소보다 선명하다.

주인공의 거친 숨소리가 상영관을 꽉 채울 때, 의자 깊숙이 파묻혀 있던 근육들이 미세하게 반응한다. 긴장으로 굳은 어깨와 빨라진 맥박은 몸의 생기를 알게 한다. 죽음이 가까이 도착했다는 가정이 일상을 가장 짙은 색으로 칠하고, 어둠 속에서 함께 빛나는 낯선 눈동자들은 같은 속도로 깜빡인다.

상영관을 나오면 가로등은 여전히 일정한 간격으로 빛나고 사람들은 무심하게 횡단보도를 건넌다. 방금 목격한 종말이 허구였음을 확인하는 순간, 콧속을 휘젓는 도시의 매연이 조금 더 매캐하게 느껴진다. 고소한 팝콘 냄새가 섞인 옷자락을 여미며 걷는다. 멸망하는 환상 끝에 당도한 곳이 평범한 거리라니. 평소보다 낯설다.

집으로 돌아와 평소와 다름없이 불을 켜고 냉장고를 열어 차가운 물 한 잔을 꺼내 마신다. 정적 속에 남은 심장 박동은 유독 크게 들리고, 세탁한 신발의 끈을 묶어야 한다는 기억이 떠오른다.

걱정할 일들이 떠오르지 않는다. 탁자 위에 놓

인 컵의 물결이 잦아들고 있다.

Track 56. 바다 너머에는 자유가 있을까

바다는 도피처로 제격이다. 수평선이 매끄럽게 보이는 건 그 너머에 낙원이 있어서가 아니라, 단지 멀어서 생기는 착시일 뿐이다. 사람들은 도달할 수 없는 선 위에 여러 이름을 붙여두고, 해결하지 못한 문제들을 그 너머로 떠넘긴다. 가보지 않은 장소는 언제나 무결해 보이기 마련이다.

장소를 바꾼다고 삶에서 나는 비린내가 사라지지는 않는다. 티켓을 끊고 국경을 넘어도 캐리어 바퀴 사이에는 털어내지 못한 먼지가 끼어 있고, 짐 가방 구석엔 비겁한 질문들이 고스란히 따라온다. 자신을 따돌리는 일은 불가능에 가깝다. 새로운 도시의 입국 심사대 앞에는 버리고 온 어제가 가장 먼저 도착해 순서를 기다리고 있다.

바다 앞에서 질문은 매번 엇나간다. 저 너머에 무엇이 있느냐는 물음은 공허하다. 수평선을 응시하는 동안 발밑의 모래는 파도에 씻겨 내려가고, 서 있는 자리는 자꾸만 낮아진다. 멀리 떠날 궁리를 하는 동안에도 몸은 여전히 이곳의 중력에 잡혀 있다.

결국 던져야 할 질문은 어느 좌표로 가야 하는지가 아니다. 굳이 바다를 건너지 않아도 시작되는 일들이 있다. 지금 서 있는 자리에서 더 이상 스스로를 속이지 않겠다고 마음먹는 순간, 풍경은 비로소 정지한다. 도망치지 않고도 도착할 수 있는 유일한 장소는 결국 여기다.

모래사장을 벗어나 신발 속으로 들어온 이물감을 느낀다. 바다 너머를 꿈꾸던 시선을 거두고 끈을 조여 묶는다. 자유는 먼 곳의 풍경이 아니라, 돌아갈 집이 있는 상태에서 느끼는 일시적인 해방감에 불과할지도 모른다. 이제는 바다를 등지고 걷는다.

Track 57. 지구 멸망 55분 전

"만약에 지구가 멸망한다면 넌 어떻게 할 거야?"

노을이 창틀을 주황색으로 짓이기며 번지던 시간, 너는 그런 질문을 던졌다. 진지한 말투는 아니어서 가볍게 던진 주제에 가까웠다. 거대한 '만약'을 상상하는 척하며 네 옆모습을 훔쳐봤다. 대답 대신 돌아오던 미소의 의미를 그때는 묻지 않았다.

그러다 정말로 끝이 왔다. TV 속 속보보다 먼저, 물감을 쏟은 듯 기이하게 엉킨 하늘이 종말을 알렸다. 지구가 무너지는 소리는 소란스럽지 않았다. 다만 시계 초침 소리가 평소보다 조금 더 크게 들렸을 뿐이다. 남은 시간은 55분. 삶을 정리하기엔 짧고, 미련을 갖기엔 충분히 잔인한 시간이다. 찰나에 떠오른 얼굴이 너뿐이라는 사실이 못내 억울했다.

우리가 자주 걷던 언덕 아래에서 너를 만났다. 너는 마치 이 멸망을 기다려온 사람처럼 웃고 있었다. 화려한 하늘이 무색할 정도로 무심한 얼굴이었다.

"좋아해."

네 입술이 움직이자 멸망의 공포는 오묘한 진동으로 바뀌었다. 55분은 무언가를 새로 시작하기엔 짧지만, 서로의 온도를 확인하기엔 더없이 충분한 시간이다. 온 세상이 진동하는 소리보다 귓가를 울리는 박동이 더 컸다.

내일이 당연하다는 착각 속에 미뤄두었던 말들이 시한부 선고 앞에서 숨을 쉬기 시작한다. 사랑은 거창한 미래가 아니라, 이토록 짧은 틈새에서 제 자리를 찾아내기도 한다. 우리는 지금 세상에서 가장 긴 55분짜리 첫사랑을 통과하는 중이다.

Track 58. 세계를 너무 또렷하게 보고 있었어

안경을 벗으면 시야는 금세 뭉개진 수채화처럼 변했다. 압축 렌즈 뒤로 작아진 눈이 보기 싫어 거울을 밀어두는 날이 많았다. 외모를 가꾸고 싶은 욕심이 겁을 앞질러 안경을 벗고 집을 나섰다. 버스 번호가 보이지 않아 가까이 다가오는 차들의 실루엣을 확인하려 정류장에 한참 서 있어야 했지만, 마음만은 가벼웠다. 초점이 맞지 않는 세계는 의외로 다정해서, 길 건너편 사람들의 찌푸린 미간이나 날카로운 글자들은 뭉툭하게 마모된 채 다가왔다.

안경 없이 숲 입구에 서면 초록은 더 이상 잎사귀의 모양이 아니라 거대한 일렁임으로 다가온다. 바람이 불 때마다 나무들이 몸을 흔들며 내는 소리는 푸른 색깔을 머금은 채 사방으로 번진다. 보이지 않기에 귀는 더 예민해지고 발바닥에 닿는 흙의 부드러움이나 말라비틀어진 낙엽이 부서지는 소리가 선명하게 울린다. 정해진 길을 따라 걷기보다 소리가 흐르는 방향을 따라 천천히 몸을 옮긴다.

한밤중의 산은 보려 애쓰지 않을 때 비로소 그 자신을 보여준다. 어둠 속에서 나무들이 흔들리는 소리는 파도 소리를 닮아 있고 보이지 않는 계곡물 소리는 바위 사이를 타고 넘어와 발등 근처에서 머문다. 단풍이 지고 난 뒤의 서늘한 공기가 뺨을 스칠 때마다 눈을 감는다. 시각이 닫힌 자리에 숲의 결이 촘촘하게 들어차고 나는 그 거대한 일렁임에 몸을 맡긴다.

계절이 바뀌면 소리의 무게도 달라진다. 마른 나뭇가지 사이로 눈발이 흩날릴 때 숲은 숨을 죽인 채 서걱거리는 소리만 남긴다. 얼어붙은 눈이 겹겹이 쌓인 길을 걷다 보면 발밑에서 얼음이 갈라지는 쨍한 진동이 무릎까지 타고 올라온다. 볕이 닿아 녹아버린 질척한 검은 웅덩이를 지날 때면 신발 밑창에 달라붙는 눅눅한 무게가 한 계절이 저물고 있음을 전해준다.

　눈을 감고 발밑의 감각을 따라가면, 바람이 숲을 훑고 나무들이 몸을 털어내는 푸른 소리가 귓가에 머문다. 마지막 눈 조각이 검은 물웅덩이에 잠기며 작은 동그라미를 그리다 사라진다.

Track 59. 잉크가 마른 자리

　도서관 깊숙한 곳에서 모서리가 둥글게 마모된 책 한 권을 꺼낸다. 대출하기 위해 집어 든 표지에서는 누렇게 바랜 종이 특유의 건조한 냄새가 올라온다. 여러 번 펼쳐진 자리마다 표지는 들떠 있고 책등은 다른 것들보다 조금 더 낮게 내려앉아 있다. 뒷면에는 오래전 누군가 붙여둔 반납 기한 안내지나 이제는 읽을 수 없는 작은 메모 자국들이 옅은 얼룩으로 남아 책의 일부가 되어 있다.

　먼저 다녀간 이들의 자취는 생각보다 구체적인 형상을 하고 있다. 유독 시선이 오래 머물렀을 페이지는 종이의 결이 부드럽게 풀려 흐늘거리고, 어떤 대목은 손톱 끝에 눌린 자국이 선명하며 연필로 연하게 그어둔 밑줄이 남아 있다. 활자는 모두에게 똑

 ▶

같이 박혀 있으나 종이의 표면은 제각각 다른 온도를 머금고 있어, 기울어진 빛이 들어올 때마다 얇은 그림자로 떠오른다.

볕이 서가 사이로 길게 늘어지는 정적 속에서 종이 한 장을 넘기는 소리가 번진다. 페이지 귀퉁이에 남은 이름 모를 누군가의 지문 자국 위로 손가락을 얹어보면, 잉크가 마른 자리에 남은 종이의 결이 그 부분에서만 유독 거칠게 느껴진다. 특별한 대화가 오가지 않아도 같은 페이지 위에서 멈춰 섰을 자취들이 겹겹이 쌓여, 책의 부피는 처음 세상에 나왔을 때보다 미세하게 두터워져 있다.

대출 절차를 마치고 책을 가방에 넣는 손길이 가볍다. 손바닥에 밴 낡은 냄새가 적당한 농도로 전해진다. 이름 모를 이들이 남긴 글자의 보폭을 따라 걷는 동안 손에 닿았던 바스락거리는 소리가 가방 안에서 일정한 마찰음을 만든다.

152

Track 60. 엔진 위에 앉아 머무는 밤

버스의 맨 뒷좌석에는 항상 엔진의 열기가 시트 가죽을 뚫고 올라오는 자리가 있다. 자리에 앉아 창가 쪽으로 몸을 바짝 붙이면 바닥에서 시작된 떨림이 신발을 통과해 무릎까지 전달된다. 굳어 있던 등 위로 일정한 진동이 반복해서 지나가며 긴장을 조금씩 허문다.

미지근한 온기가 배어 나오는 창문에 가만히 이마를 대면 길 위의 모든 굴곡이 고스란히 느껴진다. 버스가 멈추고 서기를 반복할 때마다 고개는 좌우로 흔들리고, 뒷목을 당기던 팽팽한 감각은 차체의 흔들림 속으로 서서히 흩어진다. 목적지에 도착하기 전까지 내 몸의 방향을 맡긴 채 실려 가는 시간이 꽤 편안하다.

창밖으로 흐르는 간판들과 차량의 후미등이 눈
꺼풀 위로 슥슥 지나간다. 밖은 여전히 바쁘게 움직
이지만, 함께 가는 승객들은 비슷한 각도로 고개를
움직이고 있다. 말 한마디 섞지 않아도 옆 사람과 내
어깨가 같은 박자로 부딪히며 먼 길을 함께 간다는
사실이 나쁘지 않다.

안내 방송이 내려야 할 정류장을 알리면 창문
에서 이마를 떼어낸다. 보도블록 위를 밟을 때의 발
바닥 감각이 이전보다 조금 더 부드럽다. 멀어지는
버스를 등지고 서서 오늘의 밤공기를 천천히 들이마
신다.

Playlist 4.

떠나는 일은 하루의 사건이지만, 남겨지는 일은 매일의 사건이다. 떠나는 사람보다 남겨진 사람에게는 더 긴 시간이 남는다. 그들은 사라지는 것들을 견디는 법을 배워야 한다는 숙제를 갖고 있다.

누군가는 국밥의 온도를 데우며, 누군가는 멈춰 버린 채팅창을 삭제하지 않으며, 또 누군가는 그가 남긴 얼룩을 닦지 않는다. 각자 자기만의 방식으로 애도를 표한다.

Playlist 4는 부재의 구멍 앞에서도 우리를 계속 살아가게 하는 것들에 집중한다. 미역국 한 그릇의 온기, 상복의 까슬한 촉감, 청소기 소음과 앨범의 눅눅한 냄새 같은 평범한 풍경들이다. 잊으려 애쓰기보다 곁에 없는 상태를 하루의 일부로 받아들이는 법을 배운다. 어떤 날은 그저 밥을 씹고 삼키는 행위 자체가 남겨진 쪽이 보낼 수 있는 가장 정직한 인사라는 사실을 확인한다.

상처가 아문 자리에 흉터가 남듯, 상실을 통과한 마음에는 전과 다른 결이 생긴다. 사라짐을 견딘 이들은 때로 무언가를 더 깊이 이해하게 되고, 타인의 아픔을 섣불리 건드리지 않는 신중함을 배운다. 무너진 바

닥을 다지며 다시 세운 일상은 이전보다 조금 더 단단

하고, 조금 더 고요하다.

닥을 다지며 다시 세운 일상은 이전보다 조금 더 단단

하고, 조금 더 고요하다.

Track 61. 기억할 사람이 많아진다는 것은

연락처 목록을 아래로 훑다 보면 더는 전화를 걸 수 없는 이름 앞에서 손가락이 멈춘다. 지운다고 사라질 일도 아닌 이름들은 화면 속 좁은 칸에 여전히 자리를 차지하고 있다. 누군가를 기억하며 산다는 건 가야 할 장소마다 아는 얼굴이 늘어나는 일과 비슷하다. 특정 교차로를 지날 때면 함께했던 웃음소리가 들리고, 식당 간판을 볼 때 같이 메뉴를 고르던 장면이 떠오르는 식이다.

상대가 즐겨 듣던 노래를 우연히 듣게 되거나 끝내 가보지 못했던 곳의 소식을 접할 때마다 마음의 짐을 조금씩 나누어 갖는다. 슬픔은 거창한 고백보다 차라리 생활에 가깝다. 대단한 결심을 하기보다 남겨진 사소한 습관들을 일상의 빈칸에 채워

넣는 일이 더 자주 필요해진다. 억지로 잊으려 애쓰기보다 그저 곁에 없는 상태를 하루의 일부로 받아들이는 법을 배운다.

떠난 자리가 남긴 공백은 시간이 흐를수록 그저 당연한 배경이 되어버려서, 처음엔 구멍이 뚫린 것처럼 허전해 시선은 자꾸만 뒤를 향하지만, 나중에는 그 빈자리조차 매일 보는 풍경의 일부가 된다. 상실의 무게가 가벼워져서가 아니라 그 무게를 지탱하며 걷는 법에 몸이 익숙해진 것에 가깝다.

부재를 딛고 건너가는 하루다. 더는 아프지 않은 자리를 가만히 만져보는 저녁, 곁에 없는 이름들을 하나씩 소리 내어 부른다. 상실을 견딘 마음들이 삶의 단단한 바닥이 된다는 것을 믿고 싶다.

Track 62. 나는 너의 몫까지 살아야 했어

비어 있는 자리는 생각보다 무겁지 않다. 오히려 너무 가벼워서 자꾸만 시선이 머문다. 떠난 자리가 남긴 공백을 채우려 애쓰기보다 아침마다 창문을 열고 들어오는 공기를 마시는 일에 집중한다. 배달 앱 주소록에는 여전히 네 주소가 남아 있다. 지우는 법을 몰라서가 아니다. 굳이 들추어 삭제할 만큼 대단한 결심을 하고 싶지 않아 내버려둔 이름일 뿐이다.

혼자 먹는 점심을 준비하며 습관적으로 젓가락을 두 벌 놓았다가 다시 한 벌을 서랍에 넣는다. 달그락거리는 소리 하나로 네가 없는 상태를 실감하는 일은 이제 익숙하다. 보아야 할 풍경이나 느껴야 할 온도가 어깨 위로 내려앉을 때면 삶은 매일 해치워야 하는 숙제처럼 느껴진다.

오래된 메신저 대화창을 지우지 않은 채 답장 없는 화면 위로 오늘 본 하늘의 색이나 시시한 날씨를 적어 내려간다. 적는 동안만큼은 연결되어 있다는 기분이 들지만 화면을 끄면 금세 서늘함이 찾아온다. 혼자 걷는 길 위에 발자국을 남기는 행위가 더는 미안하지 않을 때쯤 입안에 감도는 음식의 맛을 받아들인다. 계속해서 무언가를 씹고 삼키는 건 남겨진 쪽이 보낼 수 있는 유일한 인사니까.

누군가를 기억한다는 건 단순히 잊지 않는 일이 아니다. 상대가 보지 못한 시간까지 몸에 덧대어 하루를 건너가는 일에 가깝다. 네가 두고 간 시간을 마저 살아내는 과정은 오늘 분량의 해를 견디고, 어두운 방에 불을 켜고, 물을 끓이는 사소한 행위를 반복하는 일이다. 비어 있는 옆자리를 응시하며 나는 네가 없는 다음을 향해 한 입의 밥을 밀어 넣는다. 나는 너의 몫까지 살아야 했다.

Track 63. 부고 알림을 확인하고 고른 국밥

적막한 오후, 무료한 도중 짧은 진동이 책상 위를 울린다. 화면 위로 띄워진 이름과 그 뒤를 따르는 부고라는 두 글자가 시야에 박힌다. 한 사람의 마지막이 고작 몇 글자로 도착한다. 소식은 예고 없이 평온하던 일상의 결을 헤집어 놓지만, 손가락은 무심하게 화면을 밀어 올려 내용을 확인한다. 멈추지 않는 시계 초침 소리에 금세 정신이 돌아온다.

부고를 확인한 손으로 저녁 메뉴를 검색한다. 슬픔보다 먼저 확인해야 하는 건 그날의 일정이다. 누군가의 마지막을 위해 미팅 시간을 옮긴다. 감정에 매몰되지 않도록 붙잡아주는 건 당장 처리해야 할 구체적인 업무들의 목록이다. 잠시 멈췄던 숨을 내뱉고는 다시 하던 일로 시선을 옮긴다.

사람의 끝을 알리는 알림음이 광고 문자보다 가볍게 울린다. 우주 하나가 소멸했다는 기별치고는 너무나도 간결한 문장들을 되짚어 보며 주소록의 번호를 들여다본다. 지운다고 사라질 기억은 아니겠지만, 수신인이 없는 번호를 그대로 두는 것이 건넬 수 있는 마지막 인사다. 화면을 *끄고* 나면 검은 액정 위로 창밖의 풍경이 희미한 잔상처럼 비친다.

의자를 끌어당겨 앉아 오늘 하루가 무사히 저물기를 바란다. 단정한 문장으로 조의를 표하고는 식어버린 커피를 한 모금 들이켜며 평범한 일상의 궤도로 복귀한다. 누군가는 부재를 알리는 문자를 남겼고, 누군가는 그 문자를 읽으며 저녁에 먹을 국밥의 온도를 고민한다.

Track 64. 처음 입는 상복의 무게

옷장 깊숙한 곳에서 꺼낸 검은 옷은 생각보다 가볍다. 소매 안으로 팔을 집어넣으며 까슬한 촉감을 느낄 때, 평생 불러온 이름 하나가 비로소 다른 현실이 된다. 거울 앞에 서서 단추를 채우는 동안 익숙했던 실루엣은 지워지고, 유족이라는 낯선 역할만 남는다. 상복을 입는다는 건 슬픔을 전시하는 일이 아니라, 이제 막 도착한 상실을 물리적으로 실감하는 절차에 가깝다.

검은 옷을 입고 나면 기묘한 해방감이 찾아온다. 억지로 침통한 표정을 짓지 않아도, 구태여 눈물을 쏟아내지 않아도 검은 옷이 이미 모든 슬픔을 대변해 주고 있기 때문이다. 울지 않아도 괜찮다는 허락이 짙은 검은색 안에는 있었다. 격식은 슬픔이 제멋대로 흘러넘치지 않게 붙잡아주는 둑이었고, 그 구조 안에서 잠시 숨을 쉰다.

장례식장 복도에서 같은 색의 옷을 입은 사람들과 스친 눈길을 자연스레 피하며 생각한다. 상복은 단순히 슬픈 옷이 아니라, 서로의 무너짐을 한눈에 알아볼 수 있게 하는 가장 정직한 표식이다. 말 없는 위로가 오가는 동안 딱딱했던 긴장이 조금씩 녹아내린다. 화려한 봄꽃들이 만개한 바깥세상과 단절된 채, 검은 벽으로 둘러싸인 이곳에서만 허락되는 특유의 고요를 견디며 한 시절의 무게를 몸으로 받아낸다.

이 옷을 벗어 걸어두면 보호막 같던 격식은 사라지고 지독하게 평범한 일상의 민낯이 다시 드러난다. 주방으로 가 물을 끓이고 내일 입을 옷을 고르려 서랍을 열지만, 어떤 색도 고르지 못해 한참을 서성인다. 진짜 슬픔은 검은색을 벗어던진 뒤 마주한 무채색의 방 안에서 시작된다는 것을 깨닫는다. 아무런 빛깔도 없는 침묵 속에서, 검정과 가장 먼 흰색 셔츠를 고른다.

Track 65. 멈춰진 재생 바 위로 흐르는 시간

화면 한구석에 네가 끝내 다 보지 못한 영상의 짧은 빨간 선이 굳어 있다. 손가락을 대면 언제든 이야기는 재개되겠지만 그 결말을 궁금해하던 눈동자는 돌아오지 않는다.

차마 재생 버튼을 누르지 못한 채 멈춰버린 선의 길이를 재본다. 너는 멈췄으나 화면은 다음 회차가 준비되었다며 무심한 독촉을 한다. 주인을 잃은 알고리즘은 여전히 너의 취향을 기억하며 비슷한 결의 음악과 영상을 목록 위로 올린다. 감상해야 할 것들이 쌓일수록 네가 여기 없다는 사실이 더 선명해진다.

네가 보던 드라마의 새 회차가 올라왔다는 알림이 도착한다. 화면 상단에 뜬 미리보기 문구는 토

씨 하나 틀리지 않고 정확하다. 주인 잃은 소식들이 경주하듯 도착하는 동안, 너의 부재를 눈치챈 건 나말고는 없다. 화면 속 인물들의 웃는 얼굴이 적막한 방 안의 공기와 부딪힌다. 사람들은 약속이라도 한 듯 바뀐 계절의 옷을 꺼내 입고, 나만 여전히 멈춘 시간을 살고 있다.

로그아웃되지 않은 계정은 여전히 누군가의 활기를 흉내 낸다. 알고리즘이 추천하는 목록은 정확해서 마치 네가 화면 너머에서 여전히 움직이고 있는 것만 같다. 기계는 누군가의 부재를 학습하지 못한다. 그저 데이터의 공백을 메우기 위해 네가 좋아하던 것들을 화면 위로 부지런히 올릴 뿐이다. 나는 전원을 끄지 못한 채 화면에 남은 너의 흔적을 본다.

함께 보던 드라마 밑에 모르는 이의 짧은 관전평이 올라온다. 누군가에게는 오늘을 때우는 여가겠지만, 이쪽은 아직 끝내지 못한 이야기 속에 있다. 네가 보지 못한 결말을 나 혼자 아는 것은 왠지 미안한 일이 되어서, 이어보기를 누르지 못한다.

화면이 검게 물들고 액정 위로 비치는 것은 너를 미처 따라가지 못한 채 나이만 먹어가는 얼굴이

다. 세상은 여전히 다음 회차를 준비하라고 독촉하
지만 나는 여전히 너의 취향 속에 살고 있다.

Track 66. 닦아내지 못한 콧등의 자국

현관문을 열면 마중 나오던 소리가 사라진 자리에 침묵이 쌓여 있다. 거실 한복판에는 주인을 잃은 밥그릇이 여전히 제 자리를 지키고 있다. 며칠 전 채워두었던 사료 알갱이들이 공기 중에 말라비틀어진 채 굳어 있고, 털 몇 가닥이 먼지와 섞여 굴러다닌다.

베란다 창문 아래쪽에는 네가 밖을 구경하느라 남겨둔 콧등의 흔적이 있다. 작고 뿌연 얼룩들이 유리에 번져 있는데, 햇빛이 비스듬히 비칠 때마다 그 무늬는 너의 얼굴처럼 선명해진다. 세정제를 뿌려 닦아내면 그만인 얼룩일 뿐이지만, 나는 차마 손을 대지 못하고 주저앉는다.

어제는 대량으로 주문한 간식 상자가 도착했

 ▶

다. 네가 가장 좋아하던 것이라 넉넉히 쟁여두려 했던 택배는 이미 주인이 없는 현관 앞에 놓여 있다. 상자를 뜯어 유통기한을 확인하니 2년이나 남은 날짜들이 내일의 쓸모를 잃은 채 인쇄되어 있다. 이것들은 이제 먹거리가 아니라 부피일 뿐인데, 찬장 깊숙이 밀어 넣는 손끝이 무겁다.

다 치웠다고 생각한 거실 바닥과 화장실 구석에서도 너는 기어이 발견된다. 오늘 아침엔 계절 옷을 정리하려 꺼낸 코트 안감에서 가느다란 털 한 올이 나왔다. 돌돌이 테이프로 밀어내도 끝내 살아남아 섬유 사이에 박혀 있다. 네가 남긴 것들은 이토록 끈질기게 자리를 주장하며 하루에 마찰음을 낸다.

발끝에 빈 밥그릇이 채여 건조한 금속음을 낸다. 나는 그것을 버릴 수가 없다. 콧등의 얼룩과 유통기한이 넉넉한 간식들, 그리고 코트 깃에 붙은 털 한 올 사이에서 아직 너를 지워낼 방법을 찾지 못했다.

Track 67. 숫자와 숟가락

뉴스는 종일 숫자를 갱신한다. 자막은 수시로 바뀌고, 식탁 위에는 숟가락이 놓인다. 화면 너머에서 무너진 잔해들이 쏟아지는 동안 방 안에는 막힌 숨이 고인다. 식어가는 국물을 떠넣는 행위만 반복된다. 화면 속 비극은 멈추지 않는데 국물은 빠르게 식어간다.

몸은 허기를 신호한다. 밥을 씹어 삼킬 때 팽팽하게 부푼 목구멍이 저항하지만, 마찰을 무시하고 더 많은 음식을 밀어 넣는다. 자막이 바뀔수록 씹는 행위는 빨라지고, 그릇 바닥을 긁는 소리는 날카로워진다. 입안에 가득 찬 음식물에는 아무런 맛이 없다. 부풀어 오르는 위장의 압박과 숨이 막힐 듯한 포만감만이 무력감을 짓누른다.

배가 터질 듯 부풀어 오를 때마다, 억지로 삼킨 것들이 가슴팍 아래에서 식은 기름처럼 엉겨 붙는다. 창밖의 거리는 평소의 속도로 흐른다. 화면을 끄면 검은 액정 위로 무표정한 얼굴이 비친다. 설거지통에 그릇이 잠기고 물소리가 터져 나온다. 쏟아지는 물소리에 비명은 지워지고, 세제 거품은 비보보다 선명하다.

비어버린 그릇들이 건조대 위에 엎어진다. 방 안은 고요하고, 위장은 무겁다. 소화되지 못한 것들이 뱃속에서 둔탁한 감각을 낸다. 아무것도 되돌릴 수 없다는 사실을 증명하듯, 몸은 오직 음식물을 분해하는 일에만 전념한다.

내일도 뉴스는 숫자를 바꿀 것이다. 허기가 밀려온다.

Track 68. 인간은 유서에도 거짓말을 쓴다

마지막 문장 앞에서도 사람은 완전히 솔직해지지 못한다. 진실은 생각보다 거칠어서, 기록의 끝에서도 옷매무새를 고쳐 입는다. 미워했다는 말 대신 이해한다고 적고, 힘들었다는 비명 대신 담담한 안부를 남긴다. 유서에 남겨진 거짓말은 대개 자신을 위한 것이 아니다. 남겨질 이들을 위해 끝내 고르고 골라 부드럽게 깔아둔 문장들이다.

어제 홧김에 적었다 지운 메모장에는 죽고 싶다는 말 대신 내일은 비가 오지 않으면 좋겠다는 날씨 걱정이 남았다. 삶을 내려놓겠다고 쓰다가도 비스듬히 들어온 햇살에 바닥의 먼지들이 하얗게 모습을 드러내면 자꾸 눈에 걸린다. 비장한 문장을 잇다 말고 결국 청소기를 들어 바닥을 민다. 끝을 말하면서도 발밑의 얼룩을 참지 못해 청소기 소음으로 방을 채우는 일. 냉장고 안에서 물러가는 과일을 아까워하고, 전송 취소가 가능한 메시지에 안도하는 사소함이 마음을 끝까지 밀어붙이지 못하게 붙잡는다.

사람이 유서에 거짓말을 쓰는 이유는 마지막까지 누군가를 안심시키고 싶어서다. 자신이 남길 슬픔의 무게를 조금이라도 덜어주고 싶은 마지막 다정함. 그럴듯하게 다듬어진 문장들은 사실 세상을 조금만 더 견디고 싶었다는 뒤집힌 고백이다.

떠날 마음이었다면 바닥에 내려앉은 먼지 따위를 고쳐 보려 애쓰지도, 내일의 커피를 생각하지도 않았을 것이다. 비겁하게 숨긴 문장들 사이에서 작게 숨 쉬고 있는 건 끝내 포기하지 못한 마음이다.

우리가 끝끝내 유서에 거짓말을 적어 넣는 이유는 하나다. 그 문장들이 나의 마지막이 되지 않기를 바라는 마음이 아직 완전히 사라지지 않았기 때문이다.

Track 69. 종이 뭉치와 약도

명절에 모인 가족들 앞에서 그는 서류 몇 장을 펼쳤다. 곶감의 단내가 채 가시지 않은 식탁 위로 유산의 배분과 뒷정리의 절차, 머물게 될 묘지의 약도가 상세히 적힌 종이들이 놓였다. 어린 마음에는 그 기록들이 즐거운 모임을 망치는 것처럼 들렸다. 왜 굳이 아직 오지 않은 부재를 예고하며 식탁의 온도를 낮추는지 알 수 없었다. 목소리는 낮고 평온했으나, 뱉는 단어들은 공기 중에 서늘한 선을 그었다.

장례의 절차와 연락처의 목록, 유품을 정리하는 순서까지 자신의 흔적을 지우는 법을 매뉴얼처럼 일러주었다. 서류 뭉치에는 미리 계산해둔 남겨진 자들의 동선이 적혀 있었다. 자신이 머물던 자리를 정리하는 손놀림은 무심할 정도로 담담했다.

그는 자신이 떠나고 난 뒤의 풍경을 미리 걷어내며, 남겨진 자들의 발길에 걸릴 만한 것들을 하나씩 치워두었다. 마른 종이들 위에는 지워야 할 목록들이 빽빽했다. 그것은 다음 사람을 위해 깨끗하게 비워둔 빈방의 뒷모습과 닮아 있었다. 그가 정해두었던 비석의 위치와 나무의 수종을 확인하며, 질서정연한 침묵 속에 서본다.

식탁 위에는 각자의 이름이 적힌 종이들이 흩어져 있다. 누구도 서둘러 말을 얹지 않고 그가 펼쳐놓은 것들을 가지런히 정리한다. 비워진 식탁 위에는 다시 접시가 놓이고, 종이는 각자의 품으로 들어간다. 식탁에는 곶감의 단내가 희미하게 남아 있다.

176

Track 70. 장례식의 농담

장례식에 아는 얼굴이 오지 않기를 바란다. 병원 냄새와 인위적인 곡소리가 섞인 풍경 속에 이름이 놓이는 건 아무래도 어색하다. 마주친 적 없는 이들이 모여 일회용 접시 위 편육을 씹으며 타인의 생을 몇 줄로 요약해 버리는 자리는 생각만으로도 곤혹스럽다.

죽음은 심장의 정지이기도 하지만, 단절이나 계정 삭제 사이에 있는 것 같기도 하다. 주인 없는 기기 속에 남겨진 알고리즘이나 생체 인식 없이는 열리지 않을 기록들만이 이곳에 머물렀다는 증거로 남는다. 한 인간의 세계가 비밀번호 몇 자리 뒤에 고립된 채 서서히 잊히는 풍경은 이제 낯설지 않다.

마지막은 그보다 단정했으면 한다. 국화 향기

대신 평소 즐겨 듣던 노래가 흐르고 오간 이들이 슬픔 대신 시시한 농담을 안주 삼아 잠시 웃어준다면 좋겠다. 흙에 갇히기보다 나무 한 그루 아래 머물며 바람에 흩어지는 수목장이면 충분하다. 소란스러운 기척 대신 잎사귀 흔들리는 소리를 들으며 자연스럽게 옅어지는 일을 상상한다.

억지 애도를 피하면서도 완전히 지워지고 싶지는 않은 마음이 있다. 조문객의 눈물마저 풍경으로 관찰하는 주제에 누군가의 페이지에는 선명한 흔적이고 싶어 하는 모순을 가만히 들여다본다. 고요한 잊힘을 선택하면서도 단 한 사람에게만은 언제든 읽히는 문장으로 남는 일. 그것이 유일한 욕심이다.

Track 71. 나를 위한 근사한 생일 케이크

생일이 오면 한동안은 마음이 평소보다 더 가라앉곤 했다. 축하한다는 말들이 거실을 채우그 고생한 사람을 대신해 미역국 앞에 앉아 있는 풍경은 어딘가 모르게 낯설고 이질적이었다. 태어난 것이 대단한 성취가 아닌데도 주인공이라는 이름표를 달고 웃어야 하는 부담 속에서 차라리 아무도 모르게 조용한 곳으로 숨고 싶다는 생각을 먼저 하기도 했다.

엄마는 해마다 잊지 않고 이른 아침부터 주방에서 달그락거리는 소리를 낸다. 김이 나는 미역국을 식탁 한가운데 놓으며 생일 축하한다는 인사를 건넨다. 그 모습을 보며 국물을 한 숟갈 뜰 때마다 말로 다할 수 없는 멋쩍음과 미안함이 식도에 걸리

 ▶

곤 했다. 나를 위해 보낸 누군가의 시간을 당연하게 받아들이는 일이 버거웠기 때문일까.

받기만 하는 마음이 무거워질 때면 그 미안함을 덜어낼 방법을 고민하게 된다. 타인의 다정에 온전히 올라타지 못하는 성정은 결국 내가 움직여야만 비로소 안심을 얻는다. 그래서 생일이 오기 며칠 전부터는 먹고 싶은 케이크를 파는 곳을 미리 알아두기 시작했다. 엄마가 차려준 식탁 위에 내가 직접 고르고 사 온 상자를 나란히 올려두고 나서야 비대칭이었던 마음의 무게가 비로소 팽팽하게 맞물리는 기분이 든다.

상자 안의 케이크는 깨끗하고 예쁜 모양을 하고 있다. 초를 꽂거나 노래를 부르는 식의 요란한 절차는 생략하고 대신 가장 좋아하는 그릇을 꺼내어 한 조각을 옮겨 담는다. 오직 우리가 맛볼 달콤함을 위해 고심해서 고른 조각들이 접시에 놓여져 있다.

부드럽고 정직한 설탕과 우유의 맛은, 혀끝에 닿는 순간 마음속에 엉켜 있던 복잡한 생각들을 잠시 멈추게 한다. 텅 빈 접시를 바라보며 사라지지 않고 이곳에 잘 머물러 있는 나를 본다.

내년 생일에는 초콜릿 케이크를 먹어야겠다.

Track 72. 이름 없는 기억들을 보내며

낡은 앨범을 넘기다 초점이 흐릿한 사진 한 장이 눈에 들어온다. 사진 테두리 너머로 그해의 눅눅한 공기가 배어 나오더니, 순식간에 온몸을 훑고 지나간다. 머리로 떠올리기 전에 코끝에 먼저 걸리는 냄새가 있고, 복원이 끊겼던 자리에 멈춰 있던 박동이 손바닥을 타고 전해진다.

애써 기억해 내려 할 때는 한 문장도 떠오르지 않더니, 우연히 마주친 빛바랜 종이 한 장에 생의 한 조각이 통째로 쏟아진다. 그때 마셨던 음료의 온도나 뺨을 스치던 바람의 결 같은 것들이 되살아나 마음의 빈 곳을 헤집는다. 인화지 속 풍경을 응시하는 동안, 굳어 있던 기억들이 차례로 깨어난다.

기록되지 못한 순간들이 훨씬 더 많다는 사실

을 안다. 셔터를 누를 타이밍을 놓쳐버린 노을, 카메라를 꺼내는 대신 가만히 바라보기만 했던 누군가의 뒷모습. 렌즈에 담기지 못한 채 흩어진 시간들은 지금 어디쯤을 떠돌고 있을까. 포착되지 못한 채 증발한 수많은 날은 이제 기억 속에도 남지 않은 채 이름 없는 빈칸으로 남았을 것이다.

앨범을 덮고 고개를 들면 창밖으로는 어느새 해가 저물어 있다. 기록되지 않은 오늘도 그렇게 사라져간다.

Track 73. 샐비어 꽃

꽃대를 뽑아 들 때마다 입안에는 미지근한 물방울이 고였다. 어른들은 그 꽃의 이름을 제대로 알려주지 않았기에 언니와 나란히 앉아 꿀꽃이라 부르며 밑동에 입술을 대는 것이 오후의 즐거움이었다. 아주 작고 투명한 액체가 혀끝을 스치고 지나가면 배를 채우기엔 턱없이 모자란 양임에도 그 감칠나는 단맛을 확인하려 매일 길가에 웅크리고 앉아 붉은 꽃송이들을 훑곤 했다.

단순히 단맛만 탐했던 건 아니었다. 길가에 무성하게 피어 있는 식물의 몸통을 뽑아 그 안의 체액을 빨아먹는 행위는 오히려 이질적이고 강렬한 유대감을 주었다. 언니와 나란히 웅크린 채 흙먼지 냄새를 맡으며 가장 붉은 꽃대를 고르는 순간만큼은 세상의 규칙 밖으로 잠시 비껴나 있는 기분이었다. 자연의 일부를 직접 몸 안으로 통과시키며 느끼던 그 감각이 우리가 지금 여기 존재함을 느끼게 했다.

　바닥에 짓이겨진 붉은 꽃잎들을 밟지 않으려 발꿈치를 들고 걷던 조심스러운 걸음걸이가 있었다. 생소한 감각을 내어준 존재에 대한 감사함에 가까웠던 그 머뭇거림들이 묻어 있는 길목이었다. 정해진 길을 벗어나 이름 모를 풀숲 사이에서 발견한 작은 방울들이 성인기를 건너가는 나에게는 살아 있었음의 흔적으로 남았다.

　일상이 뾰족하게 긁히는 날이면 혀끝에 닿았던 찰나의 농도가 훨씬 또렷하게 떠오른다. 방 안으로 형체 없는 달큰함이 고이고, 나는 그것이 완전히 사라지기 전에 까무룩 잠든다. 내일 아침에도 이 추억만큼은 제 자리에 있을 것이라는 확신이 마음을 정돈한다.

Track 74. 공평하게 나누어 가졌던 세계

공평함은 나무 막대 하나를 사이에 둔 긴장으로부터 시작되었다. 쌍쌍바를 쥐고 두 손에 힘을 줄 때, 어느 한쪽으로 치우치지 않고 매끄럽게 갈라지기를 바라던 그 간절함은 단순히 양의 문제가 아니었다. 예쁘게 나누어진 단면을 마주할 때 비로소 완성되던 안도감. 조금 더 큰 쪽을 슬쩍 상대에게 밀어 주며 누리던 미묘한 우월감조차 그 시절 우리가 나누던 다정함의 방식이었다.

줄 이어폰을 한쪽씩 나누어 끼고 교실 구석에서 좋아하는 노래를 듣던 공범 의식도 그와 닮아 있었다. 한 사람이 움직이면 다른 사람의 귀에서 이어폰이 빠질까 봐 서로의 거리를 조심스럽게 유지하던 짧은 선의 거리. 서로의 귓가에 흘러드는 멜로디에 기대어 우리는 이름 모를 불안들을 잠시 웃었다.

　　놀이터 흙먼지를 뒤집어쓴 채 달려간 구멍가게에는 혓바닥이 파래지는 사탕과 맥주 맛이라 우기던 노란 사탕들이 놓여 있었다. 맥주 맛이 뭔지도 모르는 꼬맹이들이 취하는 것 같다며 서로의 얼굴을 보고 낄낄거리던 오후. 휘파람 소리가 나던 사탕을 입에 물고 앞다투어 소리를 내보거나 입안에서 은하수처럼 톡톡 터지던 가루를 굴리며 살아 있어서 느낄 수 있는 감각들을 만끽했다.

　　우리가 나누어 가진 건 누군가를 내 영역 안에 들여놓는 법이었다. 어른이 된 지금의 관계는 손익을 따지거나 선을 넘지 않으려는 배려의 정도를 고민하지만, 파란 혓바닥을 내보이는 것만으로도 서로의 속이 증명되던 때가 있었다. 문득 그때의 휘파람 소리가 들리는 듯해 입술을 오므려 본다. 소리는 나지 않지만, 입안에는 여전히 톡톡 터지던 가루의 잔상이 남아 있어 한 번 더 웃고 만다.

Track 75. 첫 번째 거짓말

　　살면서 처음으로 정교한 거짓말을 했던 순간을 기억한다. 유치원 크리스마스 행사 날, 허술한 수염과 붉은 옷을 걸치고 나타난 산타가 실은 매일 보던 선생님이라는 사실을 알아차리는 일은 어렵지 않았다. 산타라는 존재가 이 세상에 없다는 것쯤은 이미 알고 있었지만, 아이들의 환상을 지켜주기 위해 땀 흘리며 분장을 마쳤을 한 사람의 노력이 어린 마음에도 선명하게 읽혔다.

　　가짜 수염 뒤에 숨어 이름을 부르는 목소리에 못 이기는 척 품에 안겼다. 모자와 수염 사이로 겨우 드러난 눈동자에는 아이가 기뻐하길 바라는 설렘과 준비한 선물이 실망스럽지 않기를 바라는 정직한 기쁨이 서려 있었다. 사랑을 건네고 싶어 하는 한 인간

의 순수한 기대를 마주하는 순간 사실을 말하는 것
보다 그 기대를 깨지 않는 것이 더 중요하다는 것을
마음으로 알았다.

산타가 정말 있는 줄 알았다며 연기하던 시간
은 생애 첫 번째 거짓말이었으나 동시에 내 의지로
누군가에게 건넨 첫 번째 배려였다. 선물을 건네는
손등에 밴 땀방울을 보며 고맙다는 인사를 덧붙였을
때 느꼈던 알 수 없는 충만함이 기억난다. 타인의 다
정함이 무색해지지 않도록 기꺼이 속아 넘어가는 일
은 사람이 서로에게 건넬 수 있는 사소하고도 위대
한 예의라는 것을 그때 처음 배웠다.

우리는 가끔 진실보다 다정한 거짓에 기대어
고단함을 잊는다. 주머니 속 선물이 가짜임을 알면
서도 그 온기만큼은 진짜라고 믿고 싶어지는 밤이
있다. 누군가의 설렘을 지켜주기 위해 모르는 척 고
개를 끄덕였던 마음은, 훗날 타인의 서툰 호의를 마
주할 때마다 작게 일렁거린다. 그날 내 주머니에 들
어온 것은 과자 봉지가 아니라 누군가의 순수한 진
심이었다.

Track 76. 어깨에 닿는 봄볕의 무게

현관문을 열 때 정수리 위로 쏟아지는 봄볕은 생각보다 묵직한 질감을 지니고 있다. 춥지도 덥지도 않은 미지근한 공기가 어깨 위에 얹히는 순간, 어제의 가라앉았던 기분들이 조금씩 밀려나는 것 같다. 옷장 깊숙이 넣어둔 얇은 외투를 꺼내 입고 계절의 온도를 피부로 확인하며 닫혀 있던 감각들을 하나씩 열어둔다. 뺨을 스치는 바람의 농도가 달라졌다는 사실 하나만으로도 봄이 왔음을 알아챘다.

어깨에 내려앉은 볕의 무게를 느끼다 보면, 오늘 하루만큼은 예고 없이 마주치는 일상들이 그리 불편하지 않겠다는 느슨함이 생긴다. 스스로를 보호하려 꼿꼿하게 세웠던 허리의 힘을 빼고, 주변의 소리를 자연스럽게 받아들인다. 이미 봄을 앓고 있는 사람들의 온기가 길가마다 분홍빛, 노란빛으로 화려하게 피어 있다.

겨우내 나를 향해 고여 있던 시선이 이제는 길가에 핀 작은 꽃이나 버스를 기다리는 사람들의 구부정한 등 위로 머문다. 스스로를 사랑하려 애쓰는 대신 타인의 평범한 일상을 그저 바라보는 것만으로도 마음의 무게는 꽤 가라앉는다. 이 적당한 온도 속에서 사람들은 저마다의 속도로 각자의 하루를 소화해 내고 있다. 그 흐름에 슬쩍 섞여 드는 것만으로도 비좁았던 마음이 조금씩 넓어짐을 느낀다.

햇살이 닿은 자리가 은근하게 달아오를 때쯤이면 오늘 마주할 슬픔조차 적당히 말려낼 수 있을 것 같은 자신감이 생긴다. 봄을 앓아내며 벚꽃을 피워 낸 당신의 이야기가 볕이 잘 드는 자리마다 머물러 있다.

Track 77. 젖은 종이 위에는 지우개가 들지 않는다

　　인생이 수채화와 닮았다면 그건 지우개가 없다는 뜻에 가깝다. 유화처럼 마를 때까지 기다렸다가 잘못된 부분을 덧칠해 덮어버리는 행운은 우리에게 주어지지 않는다. 슬픔은 예상치 못한 방향으로 흐르고 예기치 못한 눈물은 공들여 그린 자리를 단숨에 얼룩지게 만든다. 축축하게 젖은 종이 위에 지우개를 대면 종이는 일어설 줄 모른 채 흉하게 일그러진다. 한 번 번진 마음을 되돌리려 애쓸수록 상처는 더 깊은 구멍이 되어 남을 뿐이다.

　　완벽한 표정보다 조금 흔들리고 번진 자리에서 그 사람의 진짜 농도가 읽히곤 한다. 마음이 움직이는 순간은 대개 준비된 얼굴이 아닐 때 찾아온다. 당황해서 쏟아낸 말실수나 수습하지 못한 눈물의 자국을 발견할 때, 그 안에서 닮은 꼴의 외로움을 확인하며 진심이 스며든다. 깨끗하게 말라 있는 사람보다 적당히 젖어본 사람끼리 더 빨리 서로를 알아본다.

가장 깊은 색은 물감이 여러 번 겹치고 번진 자리에서 태어난다. 겪어온 상처와 해묵은 걱정들이 겹겹이 쌓여 누구도 흉내 낼 수 없는 고유한 명암을 만든다. 그 자국은 지워야 할 얼룩이 아니라 내가 가진 세계의 밑그림이다. 우리는 모두 조금씩 번진 채로 살아가고, 그 번짐이 각자 다른 무늬를 갖게 한다. 완벽하게 묘사하는 것보다 중요한 건, 젖은 종이 위에서도 다음 붓질을 멈추지 않는 마음의 근육이다.

이미 번진 인생은 지우는 게 아니라 덧칠하는 것이다. 마음에 들지 않는 색이 칠해졌다면 그 위에 다른 색을 얹어 새로운 결을 만들면 그뿐이다. 종이는 충분히 축축하고 우리는 여전히 붓을 쥐고 있다. 마음에 들지 않는 얼룩을 들여다보다가 그 곁에 가장 어울리는 다음 색을 섞어본다.

Track 78. 처음부터 다시 시작하고 싶던 날

손바닥만 한 기계 안에서 작은 점들이 배고프다는 신호를 보낸다. 일도 관계도 마음대로 되지 않는 하루를 보내다 보면 이 조그만 세계의 질서가 유독 또렷하게 읽힌다. 제때 밥을 주고 치워주는 단순한 규칙. 실수가 연쇄적으로 번지던 시간을 지나온 탓인지, 버튼 몇 번으로 모든 요구가 말끔히 정리되는 원인과 결과의 관계가 투명하게 느껴진다.

엉망이 된 관계는 사과 몇 마디로 복구되지 않지만, 액정 속의 생명은 리셋 버튼 하나로 어제의 실패를 지워준다. 즉각적으로 반응하는 존재를 앞에 두고 있으면 나를 누르던 저녁의 무게가 잠시 옆으로 밀려난다. 무언가를 규칙적으로 돌보는 행위는 하루의 리듬을 붙들어주는 최소한의 장치가 된다.

통제 가능한 무언가가 곁에 있다는 감각. 사회 속 복잡한 역할극에서 벗어나 오직 배고픔과 청결만을 해결해 주는 존재로 기능하는 시간. 비정상적으로 비대해진 생각들이 도트의 움직임에 닿춰 조금씩 깎여 나간다. 오늘도 무사히 하루를 닫았다는 증거가 손바닥 위에서 깜빡인다.

리셋 버튼이 있다는 사실만으로도 오늘은 조금 가벼워진다. 창밖의 소음이 잦아들면 손안의 세계도 함께 잠이 든다. 화면을 덮고 한참을 그대로 앉아 있다가, 잘 닫힌 하루의 뒷모습을 확인한다. 지울 수 있는 실패가 있다는 것만으로도 밤은 꽤 견딜 만해진다.

Track 79. 이방인의 장바구니

낯선 도시의 언어에 귀가 멀어버릴 것 같을 때, 나는 마트의 과일 코너로 숨어든다. 그곳에는 번역기 없이도 선명하게 읽히는 삶의 활기가 있다. 쌓여 있는 과일들의 빛깔을 보면 지금 이 땅이 통과하고 있는 계절이 무엇인지, 저들이 가장 아끼는 제철의 맛이 무엇인지 단번에 알 수 있다. 가격표에 적힌 삐뚤삐뚤한 숫자와 그 옆에 놓인 울퉁불퉁한 과육들을 보고 있으면, 낯선 풍경이 주던 긴장감은 어느새 익숙한 생활의 냄새로 바뀐다.

사람들의 장바구니를 훔쳐보는 일은 그 나라의 뒷마당을 엿보는 것과 닮았다. 낡은 카트에 사과 몇 알과 감자 한 봉지를 담는 노인이나, 아이의 간식을 고르려 과일의 표면을 집요하게 살피는 젊은 부부의 손길을 본다. 언어는 달라도 좋은 것을 골라 먹이려는 그들의 뒷모습은 한국의 마트에서 보내던 오후와 그대로 닮아 있다. 먹고사는 일의 고단함과 다정함이 뒤섞인 뒷모습에서 나는 묘한 동질감을 발견한다.

이름 모를 이국의 과일이 뿜어내는 활력은 이방인인 나에게 가장 직접적인 인사다. 한국의 가격표 앞에서는 깐깐하게 굴던 셈법 대신, 몇 유로와 몇 바트의 동전을 손바닥에 올리고 가장 탐스러운 놈을 고르는 데 마음을 쓴다. 바구니에 담긴 과일의 무게가 묵직해질수록 짓무른 마음을 안고 떠돌던 불안은 잠잠해진다. 피부색도 나이도 다른 이들과 같은 줄에 서서 계산을 기다리는 시간, 그 짧은 순간이 나를 이곳의 일부로 그려준다.

결국 사람이 사는 모양새는 어디나 비슷하다는 사실이 낯선 땅에서는 가장 큰 위로가 된다. 저들도 퇴근길에 식탁을 채울 고민을 하고, 계절이 주는 단맛을 가족과 나누기 위해 지갑을 연다. 낯선 공간의 소란함 속에서 가장 고요하고 안전한 평안을 맛보는 은밀한 취미를 고집하는 이유다.

바구니를 들고 마트를 나설 때, 품 안에는 낱개로 포장된 과일 몇 알이 안겨 있다. 이제 다시 서툰 몸짓으로 길을 헤매겠지만, 적어도 오늘 저녁 입안을 채울 단맛이 저들의 것과 다르지 않다는 사실이 꽤 든든하다.

Track 80. 망각의 3초가 주는 선물

오후의 볕이 가장 길게 늘어지는 시간, 예고 없이 찾아든 낮잠은 속수무책이다. 중력이 잠시 끊긴 것 같은 방 안에서 이불 속으로 가라앉아 있으면, 창밖에서 들려오는 생활의 소음은 수면 아래의 일처럼 아득하게 멀어진다.

잠에서 깨어나는 직후의 3초 동안은 주변의 모든 것들이 제자리를 찾지 못한 채 낯선 얼굴로 서 있다. 눈을 떴을 때 마주하는 천장의 무늬가 어디선가 본 지도 같고, 뺨에 닿은 이불의 결이나 창틀에 비스듬히 걸린 빛줄기 같은 것들이 평소와 다른 질감으로 만져진다. 여기가 어디인지, 내 이름이 무엇인지조차 떠오르지 않는 시간 속에서 나는 잠시 누구도 아닌 채로 그 멍한 감각 속에 머문다. 조금 전까지의

  ▶

정적이 세상의 전부인 줄로만 알고, 나는 나조차 잊은 채 그 평온함을 진짜라고 믿는다.

어제 흘린 눈물과 내일의 불안이 아직 도착하지 않은 머릿속은 드물게 조용하고, 허공에서 햇살 속 먼지들이 떠다니는 것을 지켜본다. 이 순간이 영원할 것 같다는 착각도 잠시, 고요는 이내 균열을 일으키며 잊고 있었던 일상의 목록들을 하나둘씩 다시 불러온다. 해야 할 일들이 순서 없이 되돌아오기 시작하면 몸은 다시 생활의 무게를 받아내며 원래의 자리를 찾아간다.

3초의 지연이 끝나면 주변은 다시 견고해진다. 이름과 직업, 할 일의 목록들이 젖은 옷처럼 몸에 무겁게 달라붙는다. 안락했던 공백이 날아간 자리에는 손바닥에 닿는 방문 손잡이의 차가운 감촉만이 남고, 거울 앞에는 낮잠의 눌린 자국이 선명한, 내가 아주 잘 아는 익숙한 얼굴이 서 있다. 붉은 자국을 손바닥으로 가만히 눌러본다. 잠시 나를 잊었던 대가로 얻은 자국이 가라앉고 나면, 나는 다시 현실로 걸어 들어간다.

Track 81. 7월의 꽃핀

7월의 하늘은 무책임할 정도로 맑았다. 한여름의 지독한 열기가 일렁였지만, 쏟아지는 햇살만큼은 눈이 시릴 정도로 선명했다. 열기 사이로 그녀의 목소리가 들렸다.

"바람 참 좋네, 그치?"

습관처럼 하늘을 보고 있었다. 눈동자에는 아직 슬픔을 다 태워내지 못한 짙은 파랑이 가득했다. 시선을 따라 고개를 드니, 뜨겁지만 깨끗하게 갠 하늘이 있었다. 그녀의 말에 대답이라도 하듯, 검은 머리칼 위 꽃 모양 머리핀 하나가 햇살을 받아 반짝였다. 상복과는 도무지 어울리지 않는, 너무 밝아서 오히려 이상한 빛이었다.

기억은 아주 오래전, 첫 병문안을 다치고 돌아

오던 길로 돌아간다. 그때도 당신은 내 앞에서 기죽지 않고 씩씩하게 걸었다. 약품 냄새가 밴 복도를 빠져나오는 길, 평소와 같은 목소리가 들려왔다.

"우리 아버지가 봄을 참 좋아하셨어. 나 어렸을 때는 툇마루에 앉아 기타 치시며 노래도 불러주셨는데. 진짜 낭만적이지?"

나는 봤다. 아무렇지 않은 척 경쾌하게 흐르는 말소리 뒤로, 당신이 움켜쥔 주먹이 떨리고 있었다는 걸. 울음을 참느라 하얗게 질린 손가락 마디를 보았으면서도, 끝내 괜찮냐고 묻지 않았다. 두려웠다. 당신이 무너지는 순간, 그 슬픔을 감당할 자신이 내게는 없었으니까. 위로 같지도 않은 안부 몇 마디와, 시답잖은 이야기들로 주변을 겉돌 뿐, 나에게는 용기가 없었다.

당신은 늘 그랬다. 아픔들이 마음 깊은 곳 차곡히 쌓여 있고, 아물지 않은 상처가 곪아가고 있는데도 내 앞에서는 항상 밝았다. 타인의 눈에 비친 당신은 혼자서도 충분히 단단한 사람, 슬픔쯤은 알아서 잘 치우는 사람처럼 보였다.

그리고 오늘, 자신의 아버지를 보내는 마지막

까지도 당신은 울지 않았다. 머리칼 위에 꽂힌 그 환한 것은 슬픔에 잡아먹히지 않겠다는 고집처럼 보였다. 여름 햇살을 받아 토해내듯 반짝이는 그 장식은, 딱 당신 같았다.

한 남자의 딸이자, 나의 어머니인 사람의 아버지가 돌아가셨다. 발인이 끝나가고 있었다.

Track 82. 마지막 퀴즈

산소 앞에 모인 가족들의 그림자가 뙤약볕 아래 길게 늘어졌다. 돌아가며 한 마디씩 마지막 인사를 건네는 시간이 시작되었다. 평소 근엄하기만 했던 어른들이 차례로 무릎을 꿇으며 무너져 내리는 광경은 어린 나에게는 너무 날 것의 모습이었다.

할아버지는 내게 늘 어려운 존재였다. 명절마다 소파 한쪽에 나를 앉혀두고 이어지던 그 고집스러운 퀴즈들. 세상 돌아가는 법과 공부의 당위성을 설교처럼 늘어놓던 당신의 목소리는 어린 내게 언제나 숙제처럼 무거웠다. 정답을 맞히지 못해 눈치를 보던 서먹한 기억들이 우리가 나눈 관계의 전부라고 믿었다. 할아버지는 나를 유독 아끼셨지만, 나는 애정을 온전히 받아내기보다 그 자리를 빨리 벗어나고 싶어 했던 것 같다.

그날 묘 앞에 선 그들은 내가 알던 모습이 아니었다. 한 번도 본 적 없는 이모부의 눈물과 이모들의 퍽퍽한 목소리, 처음 마주하는 묘지 위에서 나는 당황스러움과 슬픔이 뒤섞인 기묘한 감정어 압도당했다. 정신없는 절차 탓인지 눈물은 쉽게 터져 나오지 않았고, 그저 이 낯선 분위기가 빨리 지나가기만을 바랄 뿐이었다.

마침내 차례가 왔다. 신발을 벗고 돗자리 위에 올라서는데, 발바닥에 닿는 지면의 온도가 지나치게 뜨거웠다. 흙 아래 할아버지가 계신다는 사실이 그제야 피부로 전해졌다. 인사를 건네려 입술을 뗀 순간이었다.

할아버지라는 단어가 채 완성도기도 전에, 참아왔던 무언가가 목을 거칠게 치고 올라왔다. 단단하게 닫혀 있던 슬픔의 둑이 터진 것 같았다. 목소리가 나오지 않아 준비했던 말들은 눈물에 씻겨 내려갔다. 할아버지의 어떤 것도 이제는 더 이상 내게 도착하지 않을 마지막임을 깨달은 순간이었다.

그동안의 감사함과 이제는 평안하시라는 당부,

잘 살아보겠다는 다짐을 짧게 내뱉고 돌아서는 길. 아까까지만 해도 이해할 수 없었던 이모부의 울음소리가 비로소 귀에 다르게 들려왔다. 저마다의 가슴속에 묻어두었던 할아버지와의 이야기를 떠나보내는 소리로.

그제야 알았다. 당신은 단 한 번도 퀴즈의 정답을 원한 적이 없었다는 것을. 당신이 낸 수많은 질문은 그저 나를 곁에 조금 더 오래 앉혀두기 위해 고심해 낸 서툰 사랑의 언어였다는 걸, 그 뜨거운 흙 위에서 비로소 깨닫고 있었다.

Playlist 5.

아빠가 매일 아침 틀어두던 영화 테마곡처럼 지루하고 성실한 리듬이 있었다. 거칠어진 손등에 바르는 핸드크림의 촉감, 방 안을 채우는 22도의 온도, 퇴근길에 고른 우유 한 팩과 립밤의 깊은 안쪽까지 훑어내는 면봉의 움직임, 혼자 먹는 라면의 물을 맞추는 일. 남들 눈에는 기록할 이유조차 없어 보이는 것들이 하루를 붙잡았다.

슬픔을 이겼다고 말하지 않는다. 다 나았다고도 하지 않는다. 대신 참외와 수박이 과즙을 가득 머금을 때까지 기다렸고, 갈색으로 변할 걸 알면서도 사과를 깎아 도시락을 쌌다. 화분의 마른 잎을 떼어내며 다음 계절의 자리를 비워두었고, 소란을 지나 얻은 조용한 저녁을 지켰다. 숨을 쉬기 위해 몸이 먼저 기억해 낸 방식들이었다.

베란다에는 아직 단단한 복숭아가 놓여 있다. 며칠은 더 지나야 물러질 것이다. 싱크대에는 마른 그릇이 정리되어 있고, 건조대에는 방금 널어놓은 셔츠가 바람에 흔들린다.

냉장고 문을 열면 안쪽에서 낮은 모터 소리가 들린다. 유통기한이 며칠 남은 두부와 반쯤 남은 잼 병,

어제 끓였다 식힌 국 냄비가 제자리를 지키 고 있다. 칸
마다 나뉘어 들어앉은 것들을 바라보고 있으면, 오늘
과 내일이 나란히 놓여 있는 기분이 든다.

　창문을 닫기 전에 바깥 공기를 한 번 더 들이마신
다. 덜 익은 복숭아에서는 아직 향이 나지 않는다. 익
지 않은 채로 며칠을 지내는 동안, 나도 함께 그 시간
을 통과할 것이다. 복숭아가 물러지는 속도로.

Track 83. 아빠의 플레이리스트

어린 시절의 아침은 거실을 채우던 영화 〈대부〉의 테마곡으로 시작되었다. 잠결에 들려오는 낮고 비장한 선율이 집안을 울리면 아빠는 거실 한복판에서 부지런히 스트레칭을 했다. 이어서 드라마 〈명성황후〉의 조수미 목소리가 절정에 달할 때 기합 소리가 섞이기도 했다. 매일 똑같은 곡을 틀어놓고 팔다리를 쭉쭉 펴던 모습은 지루할 정도로 성실한 아침의 풍경이었다.

그 노래들은 감상이 아니라 출근을 위한 나름의 의식이었던 것 같다. 선율이 거실을 휘감는 동안의 아빠는 셔츠 단추를 채우며 흩어지는 마음을 잠갔을까. 지루하다고 여겼던 그 반복이 사실은 매일의 평온을 지켜내기 위한 의지였음이 마음을 친다.

현관문을 나서던 아빠의 등 뒤로 음악이 깔리던 장면이 선명하다.

요즘 나는 아침마다 전날 골라놓은 플레이리스트를 튼다. 해야 할 일들이 버겁게 느껴지는 날이면 아빠가 그랬던 것처럼 특정한 선율 속으로 몸을 넣는다. 일부러 똑같은 곡을 지겨워질 때까지 반복해 틀며 하루를 시작할 때도 있다. 문을 나서기까지 삼켜냈을 그의 수많은 다짐이 노래의 마디마다 빼곡히 박혀 있었다는 사실을 읽어내며.

플레이리스트는 삶을 버텨내려는 방법이었다. 누군가의 배경음악을 만드는 사람이 된 지금의 나는, 그때의 아빠를 자주 떠올린다. 책임의 무게를 선율로 바꿔내던 것처럼 나는 오늘 하루를 지켜줄 음악을 고른다.

Track 84. 시차를 넘어 도착한 위로

엄마와 할머니 사이에 비스듬히 앉아 두 사람이 주고받는 말을 듣는다. 이름도 얼굴도 모르는 삼촌이나 아주 먼 친척들이 어떻게 서로를 가로지르며 살아냈는지에 대한 이야기들이다. 전교에서 놀 만큼 영특했다는 할머니가 대학에 가고 싶어 방문을 걸어 잠그고 사흘을 굶었다는 대목에서는 마음 한켠이 퍽 퍽해진다. 문 앞에서 할머니가 느꼈을 막막함이 거실 정적 사이로 박힌다. 한 사람의 생애 속에 섞여 들어온 타인의 조각들이 대화를 따라 흘러나온다.

"다음 생에는 그냥 남자로 태어날란다."

무심하게 툭 던져진 한마디에 거실의 공기가 멈춘 듯하다. 공부 대신 양장 기술을 배우고 대가족의 끼니를 챙기며 제 몫의 삶을 버텨낸 시간을 실감한다. 빛바랜 사진 속 빳빳한 교복 칼라와 정갈하게 쓴 편지가 할머니의 목소리를 타고 거실 안을 느릿하게 채운다. 전해 듣는 과거의 조각들은 긴 시차를 두고 도착한 이야기 같다.

오래전 겪어낸 상황과 현재의 현실은 거리가 있지만 그 안을 채우고 있는 마음은 닮아 있다. 살아 있는 기억을 통해 길어 올린 장면들은 어떤 기록보다 생생하다. 할머니의 젊은 날을 그려보다 보면 내가 지금 겪는 방황 역시 언젠가는 담담하게 들려줄 수 있는 이야기가 될 것 같다는 생각을 하며.

할머니는 별일 아니라는 듯 귤을 깐다. 거실에는 귤껍질의 향기가 번지고 나는 다음 말을 고르는 시간을 벌기 위해 귤을 입에 넣었다. 떫고 달큰한 과즙이 입안을 채우는 동안 방금까지 머릿속을 어지럽히던 고민들은 잠시 갈 곳을 잃는다. 손주름 사이 노란 귤꽃이 피었다.

Track 85. 핸드크림을 바르는 시간

유난히 손등이 까칠하다고 느끼는 저녁이 있다. 낮 동안 타인의 부주의한 참견을 못 본 척 넘겨주느라, 혹은 상대의 서툰 말실수에 굳이 너그러운 변명을 골라 붙여주느라 정작 내 마음은 어디쯤인지 살피지 못한 날이다. 평화를 깨뜨리고 싶지 않다는 마음이 앞설 때, 친절은 스스로를 지치게 만든다. 누군가를 이해하려 애쓰는 동안 정작 보호받아야 할 속마음은 늘 차례를 잃고 뒤로 밀려나 있었다.

웃음으로 대충 무마하고 돌아온 길 위에는 뒤늦은 허탈함이 가라앉는다. 나를 소모하면서까지 지켜야 할 관계란 없다는 사실을 알면서도, 시선을 돌리는 일은 매번 적당한 용기가 필요했다. 거절하지 못해 쌓인 피로는 몸을 무겁게 짓누르고, 마음은 자꾸만 구석을 찾았다.

이제는 굳이 모두에게 근사한 사람으로 기억되지 않기로 한다. 모든 시선에 일일이 응답하지 않아도 세상이 무너지지 않는다는 것을 받아들이고 나면, 비로소 내가 돌봐야 할 읽다 만 책장이나 정돈된 책상의 고요함 같은 것들이 눈에 들어온다. 잘 보여야 한다는 긴장을 내려놓을 때 피부에 닿는 공기는 비로소 가볍고 자유롭다.

타인이라는 거울을 닦느라 분주했던 손을 거두어 거칠어진 손등에 크림을 바른다. 누구에게나 다정한 사람으로 남으려 애쓰는 대신, 지금 내 손끝에 닿는 감촉에만 집중하기로 한다. 주위를 맴도는 크림 향을 따라 딱딱하게 굳어 있던 마음도 서서히 말랑해진다.

Track 86. 흰 우유와 빨간색 일기장

교실의 아침은 늘 흰색이었다. 청록색 상자 안에는 먼지 하나 묻지 않은 우유들이 줄지어 있었고, 아이들은 입가에 허연 테두리를 남기며 성실하게 그것들을 삼켰다. 비릿한 맛을 견디지 못한 이들은 우유를 가방 깊숙이 밀어 넣었다. 가끔 가방 안에서 터진 우유가 풍기는 시큼한 냄새가 교실 뒤편까지 흘러나왔다.

우유를 삼키는 동안 책상 아래에서는 빨간색 일기장이 돌았다. 손가락 한 마디만 한 자물쇠가 달린 종이 위에는 우유보다 지독한 말들이 빽빽하게 담겨 있었다. 누군가를 향한 열등감이나 유치한 시기 같은 것들. 작은 열쇠를 나누어 가졌다는 이유만으로 서로를 세상에서 가장 가까운 사이라 믿으며 그 좁은 종이 안에서 속내를 확인했다.

학년이 바뀌고 반이 갈라지는 속도에 맞춰 사이는 조금씩 헐거워졌다. 복도에서 마주칠 때 느껴지는 낯선 공기나 분명 같은 열쇠를 가졌음에도 더 이상 열리지 않는 관계가 일상에 섞여들었다. 신체검사표의 숫자가 커지는 동안 우리는 브지런히 멀어졌다. 자물쇠는 마음을 지키는 도구였으나 때로는 서로를 영영 가둬버리기도 했다.

비릿한 우유 냄새가 스칠 때면 가끔 그 빨간색 표지가 떠오른다. 깨끗한 것을 삼켜야 했던 의무와 감추고 싶은 것을 쏟아냈던 마음 사이에서 우리는 무수히 엇갈렸다. 억지로 삼키고 몰래 적어 내려가던 서툰 움직임들이 쌓여 지금의 시간이 되었다. 모순된 두 색깔 사이를 오가며 사랑하고 미워하던 시간들이 모여 겨우 어른이 되었다.

Track 87. 가장 먼저 물러진 자리가 가장 달다

　　매대 위에는 매끈하고 단단한 것들만 줄을 서 있다. 조금이라도 기울거나 무른 것들은 하자로 분류되어 구석으로 밀려나고 흠집 하나 없는 얼굴로 안부를 주고받는 풍경 속에서 가공되지 않은 통증은 규격 밖의 소음이 된다. 틈이 보이지 않는 웃음 뒤로 슬픔을 꺼내 놓는 일은 누구에게나 서툰 짐이다.

　　비닐 안에서 제 무게를 이기지 못하고 짓눌린 복숭아를 본다. 분홍빛 껍질 한쪽이 거뭇하게 주저앉아 있다. 사람들은 대개 도려내야 할 부분이라며 고개를 돌리지만 그 자리에 시선이 멈춘다. 위태로운 무게를 견디며 가지 끝에 매달려 있던 흔적이 거기 묻어 있다. 가장 먼저 물러진 자리가 실은 가장 먼저 달콤해진 곳이라는 사실은 굳이 입 밖으로 꺼내지 않아도 충분하다.

아픔이 수치가 되는 곳에서는 고통도 성급히 치워진다. 무너진 마음 위로 무책임한 낙관이 덮이고 일그러진 자취를 교정하려는 시선들이 사방에 깔려 있다. 그런 풍경들 사이에서 시간이 남긴 자국들을 받아내기로 한다. 남들에게 보이고 싶지 않았던 무른 구석을 스스로 품어주는 일은 거기서 시작된다.

손가락 끝이 푹 들어갈 만큼 말랑해진 과육을 입안에 넣는다. 혀끝을 타고 흐르는 진한 단맛. 규격에 맞지 않아 밀려났던 마음들을 천천히 씹으면 뭉개진 조각들이 목구멍을 타고 부드럽게 넘어간다. 멍든 곳을 도려내지 않고 끝까지 삼키고 나면 손바닥에는 끈적한 과즙이 남는다. 무른 마음 그대로, 단맛을 음미하며 오후를 살아낸다.

Track 88. 어른의 행복은 소란을 지나간다

행복에도 적정 볼륨이 있다는 사실을 나중에야 알게 됐다. 시끄러운 순간만을 행복이라 배워서 일상의 작은 평화들을 너무 쉽게 버려왔던 것 같다. 떠들썩한 자리가 끝난 뒤 식은 접시와 수습하지 못한 오해들만 남는 것을 지켜보는 일은 생각보다 피곤했고, 타인의 기대를 채우느라 지불한 비용은 늘 예상치를 웃돌아 돌아오는 길은 매번 무거웠다.

어른에게 허락된 평화는 모든 소리가 빠져나간 뒤 텅 빈 거실 속 마주하는 침묵 속에 스며 있다. 누구도 이름을 부르지 않는 시간이나 스스로를 증명할 필요가 없는 단 몇 분의 쉼이 주는 안도감은 생각보다 깊어서, 팽팽하게 당겨졌던 마음의 현이 느슨해질 때 비로소 숨은 제 속도를 찾고 굳었던 표정도 풀어진다. 휴대폰을 잠시 엎어두고 외투를 정리할 때 방 안에 고여 있던 정적이 몸에 닿으면, 굳이 설명하지 않아도 되는 공기 속에서 하루의 부기는 천천히 가라앉는다.

밖에서 버틴 만큼 안에서 머물 자격이 생기는 셈인데 그걸 몰라서 자꾸만 떠돌았던 시간들이 떠오른다. 마음을 다치지 않게 보호하는 것은 아무 말도 하지 않아도 되는 단조로운 환경 그 자치일지도 모른다. 비로소 혼자가 된 순간에야 비좁았던 마음의 평수가 넓어지는 기분이 들고, 내일을 억지로 다짐하지 않아도 몸은 이미 휴식의 박자를 타고 있다. 고요를 온전히 소유하고 있다는 감각만으로도 흔들리던 마음이 잦아드는 것을 느낀다.

어른의 행복은 크기가 아니라 밀도의 문제라는 걸 이제야 알 것 같아서, 시끄러운 환희보다 오래 버틸 수 있는 평화를 고르는 일에 마음을 쓰게 된다. 누군가의 행복한 순간을 곁눈질하지 않고, 폭신한 침구 속으로 몸을 밀어 넣으며 하루의 마지막 조각을 맞춰본다. 이제야 겨우 가장 나다운 곳으로 돌아온 기분이다.

 ▶

Track 89. 발소리는 경쾌하게

낮은 풀숲 사이에서 경쾌하게 달려오는 발소리가 들린다. 가벼운 속도로 다가와 신발 근처에서 멈춰 서는 기척에 걸음이 절로 느려진다. 털 위로 부서지는 빛은 투명하고 씰룩이는 코끝에는 방금 지나온 흙의 온도와 풀잎의 냄새가 섞여 있다. 고개를 아주 약간 기울이며 꼬리를 휘두르는 움직임에 따라 정체되어 있던 공기가 흔들리고 주변의 색감이 이전보다 선명해진다.

길 위에서 마주치는 강아지의 맑은 눈망울은 사람들 사이에 흐르던 팽팽한 긴장을 단숨에 녹여낸다. 무방비하게 쏟아지는 시선을 받다 보면 굳어 있던 표정 위로 온기가 번지고 눈빛에도 숨길 수 없는 부드러움이 묻어난다. 의심이나 계산 없이 현재의 반가움만으로 채워진 눈동자를 보고 있으면 마음에 엉겨 있던 딱딱한 생각들이 매끄럽게 풀려나간다.

나라는 사람을 조건 없이 사랑하는 저 작은 존재의 마음이 얼마나 크고 묵직한 것인지 실감하는 순간이 있다. 손바닥보다 작은 몸집 안에 가득 찬 애정의 무게를 가만히 가늠해 보면 녀석을 대하는 손길은 한없이 조심스럽고 소중해진다. 오직 지금이라는 시간만을 내어주는 저 작은 몸짓 앞에서, 괜히 등을 곧게 세우게 된다. 손등에 스치는 숨결이 생각보다 따뜻하다.

가벼운 목례를 주고받으며 다시 제 갈 길을 나선다. 멀어져가는 발소리를 등지고 걷는 동안 조금 전 나눈 짧은 인사를 떠올린다. 상대의 진심을 확인하기 위해 반드시 많은 단어가 필요한 것은 아니라는 생각으로 이어진다. 한결 부드러워진 공기 사이로 산책로가 아까보다 더 넓게 펼쳐진다.

Track 90. 조금 덜 나였던 시간

화장대에 앉아 클렌징 워터를 적신다. 젖은 솜덩어리가 오늘따라 유독 무겁다. 하루 종일 괜찮은 사람처럼 붙이고 다닌 것들을 걷어낼 시간이다. 눈가에 잠시 올려두었다가 결을 따라 문지르면, 공들여 덧칠했던 미소와 말투들이 무력하게 뭉개져 나간다. 닦아내고 나서야 맨살이 손바닥에 직접 만져진다. 세안 후 수건에 얼굴을 묻으면 빳빳하게 마른 면의 질감이 뺨에 닿는다. 물기를 닦아내며 거울 속에 남겨진 흔적들을 응시한다.

냉장고에서 팩 하나를 꺼내 얼굴 위에 얹는다. 밖에서 묻혀온 열기들이 차가운 액체 속으로 가라앉고, 젖은 시트가 표면을 누른다. 투명한 막 아래 잠기면 바깥의 소리 대신 숨소리가 가깝게 들린다.

방으로 들어와 외출용 옷들을 벗어 던진다. 밖에서 내내 유지했던 빳빳한 선들이 바닥으로 허물어진다. 그 옷을 입고 있는 동안 조금 더 단정했고, 조금 덜 나였다. 대신 목이 늘어난 티셔츠와 낡은 바지 속으로 몸을 밀어 넣는다. 살결에 닿는 면 소재의 부드러움이 피로의 부피를 줄인다. 옷감 사이로 공기가 드나들고 나서야 살갗의 온도는 방 안과 비슷해진다.

침대 모서리에 앉아 로션을 바르며 얼굴의 굴곡을 훑는다. 화장이 지나간 자리에는 긴장 대신 나른함이 남는다. 세워 두었던 어깨가 내려앉고 발가락 끝에 힘이 빠진다. 내 진짜 얼굴은 늘 밤에 돌아온다.

Track 91. 22도의 기분

겨울의 저녁, 햇살이 잠든 방 안은 서늘한 공기로 가득 차 있다. 외출 전 꺼두었던 조절기에는 19도라는 숫자가 떠 있다. 버튼을 눌러 22도에 맞춘다. 낮게 깔리는 기계음이 방 안을 채우면, 비로소 하루를 마무리하는 리듬이 시작된다.

22도는 나에게 일종의 타협점이다. 반팔을 입기엔 차갑지만, 낡은 스웨트셔츠 한 장 걸치면 딱 알맞은 온도. 이 온도가 내일의 나를 얼마나 더 가벼운 몸으로 깨울지만 생각하기로 한다. 바닥이 데워지기 시작하면 발바닥을 타고 미지근한 기운이 올라온다. 밖에서 내내 곤두서 있던 몸의 마디마디가 서서히 풀린다.

열기가 발목을 훑고 지나가면 양말을 신고 옷

매무시를 가다듬는다. 굳이 후끈한 공기를 간들지 않아도 괜찮다. 어떤 온기는 밖에서 얻어오는 것이 아니라, 내 몸이 가진 온도를 뺏기지 않는 것만으로도 충분하니까. 적당히 선선한 공기 속 낡은 스웨터의 포근함에 감싸지면, 내일이 아주 먼 일처럼 느껴진다.

벽면의 숫자가 깜빡이는 것을 본다. 낮 동안 의지와 상관없이 흘러갔던 시간들을 뒤로하고, 지금은 내가 정한 온도 안에서 숨을 쉰다. 너무 뜨거워지면 다시 밖으로 나가기 싫어질지도 모른다. 적당히 따뜻하고 적당히 서늘한 이 자리가 내일 다시 문을 열고 나갈 쉼을 만든다.

딱 이만큼의 온기가 좋다.

Track 92. 거품이 사라지기 전에 말해줘

저녁 설거지를 하다 보면 거품이 먼저 피어오른다. 접시 위의 하루를 문지르다 보면 어느새 손등까지 하얀 거품이 넘어온다. 잠깐 풍성해진 것들이 주방 불빛을 받아 작은 무지개를 품기도 한다. 물을 틀면 금세 꺼지고, 손을 한 번만 헹궈도 자취 없이 흘러가 버리는 주제에 꽤나 근사해 보여서 마음이 머문다.

사람 사이의 마음도 거품과 비슷하지 않을까. 좋았다는 말 한마디를 아끼고, 고맙다는 표현을 나중으로 미루고, 사소한 다정을 쑥스러워 삼키다 보면 우리는 늘 조금 늦는다. 거품이 다 꺼진 뒤에야 빈 그릇만 남은 싱크대를 멍하니 들여다보게 되는 것처럼.

가장 부풀어 오른 순간, 그걸 날것으로 전했다면 어땠을까. 특별할 건 없어도 지금 우리, 꽤 괜찮다고. 대개는 사라진 뒤에야 깨닫는다. 그때 조금만 더 솔직했으면 좋았을걸, 하고.

물을 잠그면 거품은 힘없이 사그라든다. 남는 건 매끄러워진 그릇과 축축해진 손끝, 그리고 잠깐 머물다 간 미지근한 감각뿐이다.

그래서 오늘은 미루지 않으려 한다. 당연한 듯 흘려보내기엔 오늘이 조금 아깝다고. 거품이 완전히 꺼지기 전에, 지금이 좋았다고 말해두려 한다.

사라질 걸 알면서도 우리는 매일 다시 시작한다. 그 시작이 헛되지 않았다고, 서로에게 한 번쯤은 알려주면서.

Track 93. 낡아가는 무늬를 마주 보며

사랑은 거창한 구원이 아니라 곁에 있는 사람에게서 문득 마주하는 사소한 초라함으로부터 시작된다. 세상 앞에서는 꼿꼿한 척하다가도 현관에서 신발 뒤축을 구겨 신고 나가는 뒷모습이나 식탁 위에서 젓가락질을 서투르게 하는 손가락 같은 것들이다. 그 구질구질한 생존의 흔적들을 보고 있으면 마음 한구석이 저려오다가도 웃음이 터지고 만다. 한 사람의 안쓰러움이 사랑스러움으로 바뀌는 순간은 예고 없이 찾아온다.

누군가의 삶을 지탱하는 건 서로의 애처로움을 가만히 목격해 주겠다는 약속에 가깝다. 헝클어진 머리칼로 잠에서 깨어난 얼굴이나 피곤에 절어 맥없이 늘어진 어깨를 바라보는 일은 남들이 보기엔 그저 낡아가는 풍경일지 모르나 유독 귀해 어쩔 줄 모르는 마음이 되어버린다. 험한 세상에서 저 연약한 존재가 하루를 버텨냈다는 사실만으로도 가슴 한구석이 뻐근해진다.

서로의 비밀스러운 모습들을 모르는 척 덮어주고, 현관문을 열고 들어오는 당신의 고단한 안색을 살핀다. 식탁 위 국그릇의 온도처럼 밋밋한 온기를 나누며 바삐 가는 시간을 함께한다. 혼자라면 포기했을 수도 있을 길을 이 존재와 함께라면 조금 더 늙어봐도 괜찮겠다는 마음이 생기는 순간이다.

완벽하지 않은 너의 곁에 엉덩이를 붙이고 앉는 일은 생각보다 많은 사랑이 필요하다. 서로의 곁에서 시시한 시간들이 모여 한 시절의 벽지가 되고, 내일의 반찬이나 날씨 같은 것을 묻는 밤들이 쌓인다.

현관에 놓인 두 켤레의 신발이 같은 방향을 향하고 있다. 우리는 서로의 낡아가는 무늬를 마주 보여 밥술을 뜬다.

Track 94. 화분의 마른 잎을 떼어내는 일

베란다 구석에서 고개를 숙이고 있는 식물들 앞에 앉으면 볕이 닿지 않는 자리부터 색이 변해가는 것을 보게 된다. 같은 물을 마시고 같은 계절을 통과해도 어떤 부분은 끝까지 빛을 지키고 어떤 부분은 가장자리부터 누렇게 타들어 가 결국 바스락거리는 소리를 낸다. 정성을 들여도 시드는 것이 있고 무심하게 두어도 살아남는 것이 있다. 손끝이 살짝만 닿아도 툭 떨어지는 메마른 조각들이 화분 아래로 내려앉는다.

엄마는 화분을 그냥 두는 법이 없다. 줄기가 처지면 노끈을 가져와 당겨 세워주고 흙이 마를 새라 영양제를 꽂아두는 손길이 그곳엔 있었다. 물을 주며 낮은 목소리로 인사를 건네는 뒷모습이 어릴 때는 유난스럽다고 생각했지만, 잎사귀를 닦아내는 매일의 반복으로 식물들은 짙은 초록을 뿜어낸다. 정성을 받은 잎들의 색이 짙어질수록 옆에 매달린 노란 것들은 선명하게 시들어감을 보여준다.

가위는 흉해 보이는 자리를 가만두지 않는다. 수명을 다한 부분을 붙들고 있으면 정작 새로 돋아나야 할 싹들이 기운을 차리지 못하기에. 마른 줄기를 쳐낼 때 전해지는 서걱거리는 진동은 남겨진 것들이 다시 자라나기 위해 거쳐야 하는 과정이 된다. 붙들고 있는 쪽이 더 빨리 시든다는 사실은 가위 끝을 타고 손바닥에 읽힌다.

식물은 말라가는 부위를 붙잡지 않고 수분을 거두어 다른 쪽으로 보낸다. 비어버린 자리가 흉해 보일까 걱정하는 건 지켜보는 사람의 몫이다. 마른 부분을 발견할 때마다 서둘러 솎아내던 그 마음도 전체가 무너지지 않도록 자리를 내어주는 과정에 가까웠을 것이다. 흉터를 남기더라도 결국 다음 계절을 맞이하는 쪽을 택했을 뿐이다.

솎아낸 후의 모양은 전보다 비어 보이지만 공기의 흐름은 유연해진다. 빽빽했던 틈 사이로 바람이 지날 길이 생기고 흙바닥까지 온기가 닿는다. 덜어낸 자리의 서늘함이 몸을 더 단단하게 만든다는 것을 뒤늦게 배운다. 분무기로 물을 뿌리고 나면 잎사귀 위로 맺힌 물방울이 무게를 견디지 못하고 아래로 떨어진다. 아침의 시작을 알리는 소리다.

Track 95. 반값 딸기와 우유 한 팩

일요일 오후의 대형 마트는 활기가 넘친다. 시식 코너의 기름진 냄새와 유모차를 미는 발소리, 유통기한 임박 스티커를 붙이는 직원의 무심한 손놀림 속에 섞여 있으면 슬픔은 금세 무뎌진다. 각자의 고민이 묻어 있을 얼굴들이 카트를 밀고 지나간다. 그을린 마음 한구석쯤은 품고 살면서도 이런 한 주의 허기를 걱정하며 통로를 채우는 움직임들이 보인다.

반값 세일 중인 딸기 한 팩을 카트에 담는 지극히 세속적인 욕심 같은 것이었다. 가장 비참한 순간에도 입안에는 침이 고인다. 조금이라도 덜 짓무른 알을 열심히 고른다. 백 권의 철학서보다 이 붉은 과일 몇 알이 무너진 자리를 수습하고 나를 다시 살려 놓곤 한다.

계산대 앞에 줄을 서서 앞사람의 장바구니를 본다. 1인용 즉석밥과 세탁 세제, 유통기한이 넉넉한 우유 한 팩. 저 무심한 보폭들이 우리를 하루 더 살게 하는 힘인지도 모른다. 어른의 행복은 소란이 완전히 사라진 상태가 아니라 폭풍이 지나간 뒤 겨우 찾아온 짧은 정적을 어떻게든 지켜내는 일에 가깝기에.

집에 돌아와 장바구니를 비운다. 내일 마실 우유를 냉장고 홈바에 끼워 넣고, 팩에 담긴 딸기는 신선실 칸에 넣는다. 며칠간 끼니가 되어줄 즉석밥은 렌지 옆 선반에 쌓아두고, 다 떨어져 가던 세제와 생수 묶음은 다용도실 구석에 밀어 넣는다. 뒤섞여 있던 품목들이 제자리를 찾아가며 집 안에는 일주일 치의 질서가 생긴다. 물건들이 칸마다 분류되어 들어갈수록 흐트러졌던 일상의 마디들도 제자리로 돌아간 듯한 기분이 든다.

식탁 위 영수증에는 오늘 내가 지불한 삶의 합계가 찍혀 있다. 생각보다 비싸거나 혹은 예상보다 헐값인 숫자들을 물끄러미 보다가 휴대폰을 켠다. 내일 아침 우유를 마시고 현관을 나서야 할 시간을

계산해 알람을 맞춘다. 냉장고가 낮게 응웅거리는
소리를 내며 돌아가기 시작한다.

Track 96. 립밤 한 통의 근력

하늘 아래 같은 색깔은 없다는 문구에 홀려 가방 속 립밤을 여럿 들였던 계절이 있었다. 저마다 미묘하게 다른 분홍빛들을 늘어놓고 기분에 따라 골라 잡는 재미도 좋았지만, 이번에는 유독 마음이 머무는 하나를 끝까지 곁에 두기로 했다. 다 썼다고 생각했는데 끝까지 돌려보니 안쪽 구석에 남은 부분이 보였다. 손가락 끝으로는 닿지 않는 깊이라 면봉 하나를 가져와 꺼내어 본다. 매끄럽게 묻어 나오는 조각들이 빛을 받아 반짝이는 모양을 물끄러미 본다. 생각보다 오래 쓸 수 있을 만큼 남아 있었다.

이건 스스로에게 건네는 작고 끈질긴 정성이다. 거칠어지는 것을 두고 보지 않겠다는 고집이자 나를 향한 최소한의 예의를 지키는 일이다. 남들은 모르는 정성을 들여 면봉을 움직이는 시간. 이런 시시한 노력들이 모여 윤기를 만든다.

대개는 잃어버리거나 새것을 사느라 중간에 버려지기 일쑤라서, 립밤 한 통을 완전히 비우는 일은 생각보다 드문 일이다. 끝까지 훑어내 펴 바르고 나면 촉촉하면서도 도톰한 막이 씌워진다. 보이지 않는 보호막 하나를 얻은 채로 거울 속 얼굴을 확인하면 다 써버린 것들 속에서도 한 번 더 찾아낸 산뜻함이 부드럽게 감긴다.

빈 케이스를 내려놓고 하늘 쪽으로 고개를 든다. 빛이 세상을 돌아다니는 아래, 가만히 입술을 문질러 본다.

Track 97. 혼자 먹을 라면의 섬세한 물 조절

찬장에서 냄비를 꺼내 수돗물을 담을 때 손목에 전해지는 무게를 가늠해 본다. 정해진 수치보다 중요한 건 냄비 바닥에 닿는 시각적인 높이라서 수도꼭지를 아주 조금씩 돌려 눈높이를 맞춘다. 물이 너무 많으면 준비한 가루들이 힘을 잃고 적으면 금세 바닥을 드러내며 졸아버릴 테니까.

인덕션 위에 냄비를 올리고 기포가 올라오기를 기다리는 동안 창밖의 소리는 흐려진다. 끓어오르는 물에 스프를 넣었을 때 국물의 색이 변하는 모양을 지켜보다가 가장 적절한 순간에 면을 집어넣는다. 여럿이 함께 먹을 때는 적당히 양보했던 꼬들함의 정도를 혼자일 때는 오로지 나의 취향에만 맞춰 끝까지 고집해 본다.

좋아하는 그릇에 옮겨 담고, 첫 국물을 떠먹었을 때 혀끝에 닿는 간이 딱 들어맞으면 꽤 근사한 성취감이 찾아온다. 잘 익은 면발을 씹으며 느껴지는 뜨거움이 목을 지나 배까지 떨어진다.

그릇을 비우고 나면 입안에 남은 짭짤한 기운이 오히려 개운하게 느껴지곤 한다. 물 양을 맞추는 데 실패해 싱거워진 국물을 들이켜거나 너무 짜서 다시 물을 붓는 번거로움 없이 깔끔하게 끝난 식사. 수도를 틀고 천천히 헹군다.

창문을 조금 열어 환기를 시킨다. 방 안을 채웠던 냄새 대신 맑은 공기를 들이쉰다. 배가 부르니 아까는 보이지 않던 화분의 초록이나 책상 위의 물건들이 새삼스럽게 눈에 들어오기 시작한다. 충분히 먹고 난 뒤의 여유는 몸의 긴장을 풀고 등을 기대게 만든다. 지금 이대로 적당히 배부르고 적당히 따뜻하다.

Track 98. 무너지지 않는 울타리

아빠는 시간을 쉽게 버리지 못하는 사람이다. 집 안 서랍에는 지나간 계절이 층층이 쌓여 있다. 빛이 바랜 인화 사진과, 언니와 내가 서툰 발음으로 웅얼거리던 영어 녹음 테이프가 아직도 남아 있다. 상자를 열면 오래된 소리가 공기처럼 퍼진다.

앨범 속에서 언니는 늘 나를 안고 있다. 두 살 차이밖에 나지 않는데도, 나는 언제나 그 품 안에 들어가 있다. 작은 손으로 과자를 쥐여주거나, 잠든 내 옆에서 카메라를 바라보는 눈빛이 유난히 또렷하다. 나는 늘 옆에서 딴짓을 하거나, 언니의 옷자락을 잡아당기고 있다. 언니가 정리해 둔 자리 안에서 나는 마음껏 철부지일 수 있었다.

교복을 입고 1학년 교실을 헤매던 때, 언니는

3학년이었다. 복도에서 마주치는 아이들의 시선이 달라질 때마다 나는 괜히 어깨를 폈다. 언니가 무언가를 대신해 준 적은 없지만, 학교 어딘가에 언니가 있다는 사실만으로 충분했다.

성인이 되고 삶의 무게가 제각각인 지금도 내 세계의 가장 깊은 곳에는 여전히 언니가 있다. 사람은 스쳐 지나가고, 역할은 계속 바뀌지만, 언니는 늘 같은 자리에 있다. 말하지 않아도 전해지는 문장이 있고, 설명하지 않아도 이해되는 표정이 있다. 언니 앞에서 나는 굳이 단정하지 않아도 된다.

사진 속에서 나를 감싸안던 그 팔은 여전히 같은 자리다. 아빠의 서랍 속에서 여전히 돌아가는 낡은 테이프처럼 언니는 내 삶의 배경으로 남아 있다.

Track 99. 갈색이 되기 전에

냉장고 신선실 구석에서 잊힌 사과 한 알을 꺼낸다. 언제 사다 두었는지 기억나지 않는 그것은 수분이 빠져나가 껍질이 낡은 가죽처럼 쭈글쭈글하다. 내일 회사에서 먹을 도시락통을 옆에 두고 칼을 들어 껍질을 깎아낸다. 사그락거리는 소리 대신 눅눅한 마찰음이 들리지만, 무른 겉면을 걷어내면 속살은 여전히 하얗고 단단하다.

껍질을 벗겨낸 사과는 연노란 살결을 드러낸다. 공기와 맞닿는 순간부터 색이 변하기 시작하는 표면을 보며 사과는 깎이는 순간부터 시간의 흐름을 보여준다는 사실을 실감한다. 제때 꺼내지 못한 것들이 쟁반 위로 겹친다.

베란다에는 박스째로 주문한 못난이 사과들이

쌓여 있다. 식비를 아끼려 모양이 뒤틀리거나 거친 흠집이 박힌 것들을 일부러 골랐다. 멍든 구석을 칼 끝으로 깊게 도려낸다. 매끄러운 상품을 샀다면 겪지 않았을 수고를 기꺼이 감수하며, 못생긴 껍질 아래 숨은 깨끗한 면적을 찾아낸다.

깎아낸 껍질 위로 낡은 것들이 쌓인다. 적당한 크기로 썰어 도시락통에 담는 동안에도 단면은 조금씩 갈색빛으로 내려앉는다. 설탕물에 담가 색을 붙잡아보려 하지만 이미 시작된 변화를 완전히 막을 수는 없다. 어차피 내일이면 더 짙은 갈색이 되어 있을 것이다.

퍼석해진 조각 하나를 입에 넣고 베어 문다. 갈변한 표면 아래로 흐릿한 단맛과 아삭함이 이에 감긴다. 텁텁한 뒷맛을 삼키며 쟁반 위를 본다. 깎아낸 껍질과 씨앗만 남고 비어 있던 접시 위로는 오후의 햇살이 내려앉는다.

플라스틱 도시락 뚜껑이 맞물리는 소리가 난다. 변해버릴 것을 알면서도 가방에 넣는다.

Track 100. 섬유유연제를 바꿨다

섬유유연제를 바꿨다. 며칠 전 도착해 현관 구석에 놓여 있던 상자를 뜯어 세탁기 위에 올려두고는 뚜껑을 연다. 이전에 쓰던 흔한 꽃 향 대신 볕 아래 바짝 말린 면 냄새가 번진다. 투입구의 눈금을 조금 넘겨 액체를 붓고 나면 물이 차오르고 통이 도는 진동이 바닥을 타고 발바닥까지 전해진다. 창틈으로 들어오는 아침 볕이 세탁기 유리문에 부딪혀 잘게 부서지는 것을 지켜본다.

베란다에 널린 옷가지 사이를 지날 때마다 손가락 끝에 수분이 날아가며 남기는 찰나의 보들거림이 걸린다. 물기가 빠져나간 자리를 새로 고른 향기가 대신 채우기 시작하고, 창문을 열어두면 바람이 셔츠 소매를 흔들고 지나가며 눅눅했던 공기를 조금씩 털어낸다. 건조대 아래로 머무는 옅은 그림자와 함께 향기가 방안을 뛰논다.

　다 마른 수건을 걷어 올릴 때마다 들리는 바스락거리는 소리는 고요를 채우는 리듬이다. 처음 샀을 때처럼 보송한 얼굴로 쌓이는 것을 보면 얼룩졌던 고민들이 정리되는 기분이다. 밖으로 나가 화창함을 확인하지 않아도 품에 가득 안긴 세탁물의 온기로 충분히 따뜻한 하루다. 빳빳한 촉감을 손바닥으로 문지르며 수건의 귀를 맞추는 동안 바구니에 차곡차곡 쌓이는 면의 질감이 손등에 부드럽게 감겨 온다.

　깨끗해진 베갯잇을 씌우고 그 위에 얼굴을 묻는다. 낮 동안 볕이 누워 있었던 자리가 코끝에 뭉근하게 닿는다. 잘 말려진 면에 뺨을 대고 누워 비누 냄새가 스미는 것을 느낄 뿐이다. 불을 끄면 창밖에서 들어온 가로등 빛이 천장에 얇은 선을 긋는다.

　이불 속으로 몸을 밀어 넣으며 셔츠 깃과 이불 면이 스치는 소리에 집중한다. 내가 고른 향기 위로 잠이 내려앉는다. 고민은 숨을 죽인다.

Track 101. 사분의자리

강변의 역광은 누구에게나 공평해서 수면 위로 부서지는 빛들을 하나씩 헤아리다 보면 어느새 손목까지 붉은 물이 든다. 사분의자리는 이제 지도 위에서 지워진 이름이라는데 사람들은 매년 그 자리를 찾아가 허공을 올려다본다. 이름이 사라졌다고 해서 머물던 마음까지 증발하는 건 아니라는 듯, 이미 없는 별자리를 향해 고개를 꺾고 선 뒷모습들이 있다.

유성처럼 잠시 선을 그리다 사라지는 인연들도 실은 각자의 온도를 다해 누군가의 밤을 가로지르는 중이다. 찰나의 마찰이 남긴 열기는 흉터보다 지독해서 가끔은 아무 상관 없는 골목에서 걸음을 멈추게 만든다. 이제는 연락하지 않는 이가 남기고 간 사소한 말씨나 무심한 손길이 뒤늦게 발등 위로 툭 떨어진다.

　멀리서 보면 모두가 고요한 실루엣이다. 빛이 강할수록 그림자는 선명해지지만, 그 검은 형체 덕분에 비로소 존재의 테두리가 완성된다. 잘게 부서지는 저 윤슬을 굳이 손바닥에 담으려 애쓰지 않아도 괜찮다. 쥐려고 하면 빠져나가는 것들이 오히려 풍경을 더 또렷이 만드니까. 강물은 붙잡을 수 없는 시간을 대신해서 부지런히 속도를 낸다.

　누군가의 빛이 닿기까지 스스로를 태우며 견뎠을 시간을 짐작해 본다. 굳게 닫혔던 창문을 열고 공기의 흐름이 방 안을 채울 때까지 가만히 기다려보는 일은 생각보다 많은 인내가 필요하다. 창틀에 맺힌 볕의 각도가 조금씩 변하는 것을 지켜보며 지나간 인연의 이름들을 하나씩 지워낸다.

　강물이 몸을 뒤척일 때마다 빛의 파편들이 눈가에 맺힌다. 나를 지탱하는 위로들이 발밑에 가득하다. 사라진 별자리의 이름을 고쳐 부르지 않아도 그 자리에 무언가가 여전히 흐르고 있다는 사실은 변하지 않는다. 수면 위로 쏟아진 유성우의 잔해를 밟으며 걷는다. 지도에서 지워진 이름을 사랑하고 있다.

▶

Track 102. 바람에도 안색이 있다면

자전거 핸들에서 두 손을 떼고 달리던 시절이 있었다. 중심을 잃으면 무릎이 깨질 걸 알면서도 손바닥을 떼어낸 건 오직 바람을 더 잘 느껴보기 위해서였다. 잠시 자전거를 멈추고 나무 그늘 아래서 숨을 고를 때 머리 위로 송충이가 툭 떨어지는 일도 있었지만, 다시 페달을 밟으며 양옆으로 두 팔을 길게 뻗을 때 밀려들던 공기의 질감은 선명했다. 몸을 지탱하던 장치를 잠시 잊기로 한 순간에야 마주하는 바람은 온몸을 통과하는 투명한 흐름이었다.

바람에도 색이 있다면 연둣빛과 파스텔톤의 흰색 그리고 아주 옅은 회색이 섞인 푸른빛일 것이다. 바다가 하늘의 안색을 반사해 제 몸의 색을 결정하듯 바람도 그날의 계절과 머물다 온 장소의 빛깔을 묻혀오니까. 투명하게만 보이던 공기가 사실은 무수한 결을 품고 있다는 사실을 체감할 때마다 어디에도 묶이지 않은 채 유영하는 저 빛깔들을 부러워한다.

손을 놓고 타다가 바닥을 굴렀던 기억들은 몸 곳곳에 흐릿한 흔적으로 남아 있다. 문득 발견하는 무릎의 착색이나 팔꿈치의 흉터들은 무모했던 한때를 보여준다. 다칠 것을 예감하면서도 속도를 줄이지 않았던 건 뺨을 스치던 서늘하고도 순수한 감각이 그 순간 가까워졌기 때문이다.

완벽하게 아물지 않은 자리 위로 다시 새로운 계절의 기운이 스치고 지나간다. 핸들을 움켜쥐는 대신 손바닥을 펼쳐 공기의 저항을 그대로 받아낸다. 바다를 닮은 푸른 바람이 등 뒤를 밀어줄 때 몸은 더 가벼워진다.

요즘도 생각이 깊어지거나 무언가 뜻대로 되지 않을 때면 어김없이 자전거를 끌고 밖으로 나간다. 핸들을 꽉 잡아야 할 때와 잠시 놓아도 좋을 때를 생각하며 속도를 높인다. 복잡했던 생각들은 뒤로 밀려나고, 눈앞은 좋아하는 풍경들로 가득 차 있다. 신발 끝에 묻은 흙을 털어내며 다시 안장 위에 앉는다. 다음 언덕 너머에서 기다릴 바람의 색을 상상하면서.

발 끝에 묻은 흙을 털어내며 다시 안장 위에 앉는

Track 103. 작은 불꽃을 매달고

봄이라기엔 여전히 서늘한 기운이 남아 있어 두툼한 니트를 머리 위로 뒤집어쓴다. 얼굴을 통과해 목 아래로 옷감이 내려앉는 찰나 귓가에서 작은 불꽃들이 튀어 오른다. 겨울이 숨겨두었던 빛이 짧은 인사를 건네는 순간이다. 살갗에 닿는 울 소재의 촉감이 체온을 가두기 시작하면 팔등의 솜털들이 정전기를 따라 부드럽게 일어선다.

과학 시간마다 고무풍선을 머리에 문질러 머리카락을 공중에 띄우던 장난을 떠올린다. 머리칼이 자석에 이끌리듯 풍선을 따라 솟구칠 때마다 교실 안은 왁자지껄한 소란으로 채워졌고 서로의 손가락이 닿을 때 튀는 정전기는 짤막한 비명 뒤에 오는 웃음들 사이로 섞여 들어갔다. 보이지 않는 힘이 우리의 사이를 팽팽하게 잇고 있다는 사실을 가벼운 마찰만으로 확인하던 시절이었다.

현관문을 나서 좁은 엘리베이터에 오르면 낯선 이의 외투와 내 소매가 닿지 않을 만큼의 간격을 두게 된다. 버튼을 누르려 손을 뻗는 찰나 그의 손등과 내 손가락 끝이 아주 잠깐 스친다. 치직. 선명한 마찰음과 함께 서로의 손등이 동시에 튀어 오른다. 짧은 침묵이 흐르고 미안하다는 목소리가 공기 중에 낮게 깔리지만, 손등에 남은 얼얼한 진동은 좀처럼 가라앉지 않는다.

타인에게 닿기 전 거쳐야 할 최소한의 경계이자 서로의 자기장 안에서 부딪히며 살아가고 있다는 확실한 증거다. 건조한 피부 위로 무언가 간절하게 달라붙으려 할 때마다 손마디에는 파동이 머물다 사라진다. 살아 있는 몸은 자꾸만 어딘가에 달라붙으려 하고 그럴 때마다 작은 빛이 난다. 예고 없이 튀어 오른 불꽃은 우리가 여전히 서로를 의식하며 존재하고 있다는 신호다.

현관을 밀고 나오면 들이치는 차가운 바람이 니트의 성긴 조직 사이로 스며들지만 이미 적당한

온도를 머금은 몸은 쉽게 휘둘리지 않는다. 소매 끝
에 걸린 작은 불꽃을 매달고 문밖으로 나선다.

온도를 머금은 몸은 쉽게 휘둘리지 않는다. 소매 끝
에 걸린 작은 불꽃을 매달고 문밖으로 나선다.

Track 104. 무궁화처럼 지기

베란다 한구석 엄마가 가꾸는 무궁화가 피고 지는 것을 본다. 화려하게 만개한 순간보다 꽃잎이 말라 비틀어지기 전에 스스로 몸을 말아 툭 떨어지는 뒷모습에 눈길이 간다. 왜 하필 무궁화냐고 물으니 꽃이 피어날 때보다 지고 난 뒤 자리를 정갈하게 비워내는 태도가 좋다는 대답이 돌아온다. 바닥에 떨어진 꽃송이가 흐트러짐 없이 단정한 모양새를 유지하는 것을 보며 비워내는 일에도 결이 있다는 사실을 배운다.

누군가의 일상에 들어서서 목소리를 보태는 일을 업으로 삼으며 산다. 화면 너머로 건네는 문장들이 누군가에게 가닿아 작은 위로가 될 수 있음에 가만히 감사하게 된다. 많은 이들의 시선이 머무는 자리에 서 있는 것은 때로 벅차지만 그만큼 책임감이 뒤따른다. 화려한 빛이 쏟아지는 자리를 지키기보다 그 빛이 닿지 않는 어두운 뒤편을 묵묵히 지키는 사람이 되고 싶다고 생각한다.

타인의 삶에 스며들어 마음의 허기를 채워주는 일은 생각보다 더 단단한 마음을 필요로 한다. 억지로 희망을 쥐여주기보다 그저 곁에서 묵묵히 보폭을 맞추는 것이 더 큰 힘이 된다는 것을 안다. 바닥에 떨어져서도 꽃의 형태를 잃지 않는 것처럼 누군가의 기억 속에 남는 모습 역시 그렇게 정갈하기를 바란다. 채우는 일에 급급하기보다 잘 비워내어 다시 채울 자리를 만드는 일이 소중함을 실감하는 요즈음이다.

당신이 밝음을 향해 한 걸음 내디딜 때 그 뒤에 남겨진 그림자를 지켜보고 싶다. 혼자 남겨진 듯한 기분이 들 때 돌아보면 언제든 그 자리에 있는 존재가 되고 싶다. 화단에는 떨어진 꽃들이 가지런하다. 송이들을 하나씩 주워 담으며 마음속 어지러운 미련들도 함께 정리한다.

비워진 자리에 스며드는 오후의 볕이 투명하

다. 무궁화는 떨어진 자리에서도 여전히 꽃의 얼굴을 하고 있다. 깨끗하게 비워진 화분 위로 바람이 지나간다.

다. 무궁화는 떨어진 자리에서도 여전히 꽃의 얼굴
을 하고 있다. 깨끗하게 비워진 화분 위로 바람이 지
나간다.

Track 105. 그만두고 싶었지만, 복숭아가 아직 익지 않아서

어떤 결심은 과일 한 알의 유통기한 앞에서 무너진다. 모든 것을 놓아버리려 침대에 누웠다가도 식탁 위에 둔 복숭아가 여전히 딱딱하게 버티고 있다는 사실을 떠올리면 실소가 터진다. 단단한 과육이 언제쯤 물러져 단물을 흘릴지 확인하고 싶은 마음은 생각보다 많이 질척거린다. 분홍빛 껍질 위로 돋아난 미세한 털들이 손바닥에 닿을 때마다 살아 있다는 사실이 까슬하게 만져진다.

다시 의자를 끌어당겨 앉게 만드는 것은 결국 허기다. 슬픔은 마음의 일이지만 배고픔은 몸의 일이라서. 엉망이 된 기분을 밀어두고 세면대에서 손을 씻은 뒤 아직 덜 익은 껍질을 깎아낸다. 칼끝에

 ▶

닿는 서걱거리는 촉감과 입안을 채우는 떫고도 달큰한 과즙. 씹고 삼키는 동안 몸은 제 몫의 소화를 시작한다. 살아 있어서 먹는 게 아니라 먹기 시작하면서 생은 다시 굴러간다.

세상은 복숭아처럼 달기만 한 시간을 약속한 적이 없다. 오히려 상해가는 속도를 재촉하며 무른 부분을 도려내라고 종용할 뿐이다. 이런 식탁 위에서도 핑계는 자라난다. 아직 과일이 다 익지 않아서 혹은 나누어 먹어야 할 계절이 조금 남아서. 그런 시시한 이유들이 젓가락질을 멈추지 않게 하고 비어 있던 접시 위로 껍질을 쌓이게 만든다.

시간이 흐른다고 상처가 모두 아물지는 않는다. 대신 매일 무언가를 씹고 삼키며 다음 날로 건너갈 뿐이다. 덜 익은 복숭아든 식어버린 밥 한 술이든 상관없이 아직 도착하지 않은 단맛을 기다리며 오늘을 삼킨다. 흉터가 남더라도 결국 다음 계절을 맞이하는 쪽을 택하는 일은 미련한 동시에 아주 구체적이다.

복숭아를 다 먹고 난 뒤 접시 위에는 단단한 씨앗 하나가 남는다. 끈질기게 매달려 있던 과육을 모

두 털어내고서야 드러나는 뼈대 같은 것이다. 손가
락 끝에 묻은 끈적한 단물을 씻어내며 창밖을 본다.
복숭아가 익어가는 시간을 견디며 살아남은 우리가
그곳에 있다.

나가는 음악: 오늘은 유서 대신 식단표를 썼다

이 책을 쓰는 동안 살아야 할 이유를 크게 묻지 않았습니다. 다만 오늘 무엇을 먹고 어디까지 버틸 수 있는지를 적어 내려갔을 뿐입니다. 사람들은 종종 "왜 사느냐?"라고 묻지만 실제로 삶을 연장하는 것은 거창한 대답보다 사소한 일정에 가깝습니다. 다음 끼니와 약속, 그리고 제철을 맞은 과일 같은 것들. 그런 시시한 계획들로 또 하루를 보내줍니다. 어떤 날은 비죽 튀어나온 손톱을 깎아야 한다는 사실이, 또 어떤 날은 주문한 택배가 내일 도착한다는 알림이 생을 붙잡아 세우기도 했습니다.

여기 적힌 문장들은 행복하겠다는 다짐도 행복을 바라는 위로도 아닙니다. 일상을 기록한 것에 가깝습니다. 조금 견딜 만했던 날과 유난히 버거웠던 밤, 아무 일도 일어나지 않아 오히려 안도했던 시간의 기록입니다. 무너지지 않겠다는 각오보다는 오늘을 어떻게든 지나가겠다는 마음이 여기까지 왔습니다. 삶은 매 순간 대단한 의미를 발견해야 하는 것이 아닌, 그저 끓어오르는 허기를 달래고 눅눅해진 몸을 보송하게 말리는 행위의 연속이라는 것을 전하고 싶습니다.

복숭아가 익을 때까지, 계절이 바뀔 때까지, 혹은 다음 페이지를 넘길 때까지는 살아 있어도 되겠다고 생각했습니다. 이 글들이 누군가를 억지로 일으켜 세우지 않기를 바랍니다. 삶은 여전히 무겁고 우리에게 다정한 약속을 건네지 않겠지만, 주저앉은 채로 숨을 고르는 동안 이 책이 당신의 곁에 놓여 있을 수 있다면 좋겠습니다. 창밖의 푸름을 바라보고, 컵에 오늘 마실 물을 채우고, 느슨해진 신발 끈을 다시 묶는 당신의 모든 사소한 움직임들이 그 자체로 생의 증거가 되길 바랍니다.

오늘도 유서는 쓰지 않았습니다. 대신 내일 먹을 것들과 며칠 뒤에 만나야 할 사람의 이름을 적어 두었습니다. 그 정도면 지금으로서는 충분하니까요.

복숭아는 아직이다

초판 1쇄 발행 2026년 04월 09일

지은이 효정
펴낸이 김상현

콘텐츠사업본부장 유재선
출판팀장 전수현 **책임편집** 심재헌 **편집** 윤정기 이경미 **디자인** 권성민 김예리
마케팅팀장 엄재욱 **IMC파트** 이영섭 남소현 배성경
미디어파트 김예은 정선영 정수아 정영원
경영지원 이관행 김준하 안지선 김지우 장사랑

펴낸곳 (주)필름
등록번호 제2019-000002호 **등록일자** 2019년 01월 08일
주소 서울시 영등포구 영등포로 150, 생각공장 당산 A1409
전화 070-4141-8210 **팩스** 070-7614-8226
이메일 book@feelmgroup.com

필름출판사 '우리의 이야기는 영화다'

우리는 작가의 문체와 색을 온전하게 담아낼 수 있는 방법을 고민하며 책을 펴내고 있습니다.
스쳐가는 일상을 기록하는 당신의 시선 그리고 시선 속 삶의 풍경을 책에 상영하고 싶습니다.

홈페이지 feelmgroup.com **인스타그램** instagram.com/feelmbook

ISBN 979-11-24468-06-7 (03810)